装画
わみず

装丁
albireo

目次

顔合わせ

「全国の自治体で導入が進められている、性的少数者の人権を尊重するためのパートナーシップ宣誓制度の運用が、本日からK市でも始まりました」

前髪を斜めに流した女性アナウンサーが原稿を読み上げると、映像が撮影スタジオから市役所の窓口に切り替わった。市役所職員の中年女性と若い男性二人が机を挟んで向かいあう画に、アナウンサーが流暢《りゅうちょう》な語りを重ねる。

「最初に訪れたのは、男性の同性カップル」

カメラが男性二人に寄った。丁寧になでつけた黒髪が真面目そうな印象を抱かせる青年と、薄茶色の短髪とあご髭《ひげ》がワイルドな印象を抱かせる青年。どちらも目鼻立ちがはっきりした、整った造形をしている。

「二人は今、市内のマンションで生活を共にしているそうです」

映像が再び切り替わった。市役所の殺風景な廊下に青年たちが並び、黒髪の青年がパートナーシップ宣誓の受領証を正面に掲げている。男性レポーターの質問に黒髪の青年が答えた。

――今の気持ちはどうですか？

「嬉《うれ》しいです。これからは自信をもって『恋人』だと言えます」

——これまでは自信を持てなかった？

「認められていない、という感覚はありました。僕たちはどこにでもいる普通の恋人同士なのですが、周りはそう思ってくれないので」

——こういう制度がもっと普及して欲しいと思いますか？

「はい。他の自治体もどんどん続いて欲しいですね」

——彼氏さんも同じ気持ちですか？

「……あー」

茶髪の青年が、億劫《おっくう》そうに口を開いた。

「認められるとか認められないとか、俺はあんま気にしたことないです。まあ——」

右の親指を立て、茶髪の青年が黒髪の青年を示した。

「こいつが嬉しいなら、嬉しいですよ」

黒髪の青年が、さっと顔を伏せた。

口元を手で覆い、照れくさそうに笑う青年の仕草は、彼の喜びを言葉よりも雄弁に伝えていた。対して茶髪の青年は、当たり前のことを当たり前に言っただけという風にまるで動じていない。それがまた彼らの幸福な関係を示すのに一役買っている。

映像がスタジオに戻った。アナウンサーが次のニュースを読み上げる。そのほころんだ唇と声が、彼女の感じている想《おも》いを視聴者に伝える。

いいもの見た。

＊

スマホのディスプレイをタップして動画を止めると、まるで連動しているかのように、乗っているワゴン車が赤信号で停《と》まった。

助手席からカーナビに目をやる。目的地までおよそ十分。待ち合わせ時間までおよそ二十分。長引いた前の撮影を思い出して苦々しく唇を歪《ゆが》める茅野志穂《かやのしほ》に、カメラマンの山田健太朗《やまだけんたろう》が運転席から話しかけてきた。

「志穂さん。『特別な気分』ってネタ、知ってます？」

二十歳そこそこの若者らしいエネルギッシュな声。志穂自身も三十手前の若手ディレクターなのに、焦りが足りないように思えてイラついてしまう。映像制作業界に身を置いて数年、こういう場面で理不尽に当たり散らすディレクターを腐るほど目にしてきた。だから志穂は、そうしない。

「知らない」

「だいぶ前にツイッターでバズった、街頭インタビューの切り抜き画像っすよ。雪の日にテレビクルーがカップルにインタビューしたら、男が彼女と一緒にいる時の雪は特別な気分で嫌いじゃないとか言って、それがウケたんす。オタクが自分の好きなアニメキャラに真似《まね》させたりして。要するに、さっき志穂さんが見てた動画と同じことになったんすね」

信号が青に変わった。車が前に進み、シートベルトに胸部を圧《お》される。なんてことのない些細《ささい》な圧迫が、余裕のない今はやたらと不愉快だ。他人より大きな胸を持ったことによって味わってきた不快な経験が、シートベルトの下からにじみ出ているような気がしてくる。

「そんでそれ、彼女の方は俯《うつむ》いて顔を隠してるんすよ。恥ずかしー、けど嬉しーみたいな。それがめっちゃかわいくて、バズるの分かるわって感じなんすよね。で、さっきの動画の男も同じことしてたじゃないっすか。そっちは野郎だし、オレは全然かわいさは感じないけど、たぶんそこがウケたんだろうなーって思うんす」

だからどうした。――言わない。山田の話にオチがないのはいつものことだ。

「かもね」

適当に相槌《あいづち》を打つ。山田もいずれはディレクターになりたいそうだが、この話を散らかす悪癖をどうにかしないと難しいだろう。交渉を上手《うま》く進めるために言葉をまとめる力はディレクターの必須スキルだ。特に志穂の勤務する映像制作会社『ライジング・サン』のような、ディレクター一人で仕事を進めることが常態化しているところでは。

これから顔合わせを行う案件も、当然のようにそう進んでいる。

ローカルテレビのインタビュー動画がツイッターで拡散され、インターネットで有名になった同性カップルに、密着取材を敢行してドキュメンタリーを制作する。今のところ『ライジング・サン』でこの案件に関わっている人間は、志穂と山田の二人しかいない。そしてこれから増えることもないだろう。その余裕があるならば、志穂も山田も今頃は日曜日を満喫している。

もっとも、志穂はそれを恨んではいない。特に今回のドキュメンタリー撮影は、まさにこういうことがやりたくてこの業界に入ったと言えるような案件だ。プロデューサーはキー局の人間であり、決して小さな仕事ではない。むしろ志穂のキャリアから考えたら分不相応なぐらいに大きい。

元々、この仕事は志穂のものではなく先輩の女性社員のものだった。ところが案件を受けた矢先に彼女の妊娠が分かり、産休に入る前に片付けようとしたがプロデューサー側の問題でしばらく停滞し、再び動き出した頃には出産前に撮影を終わらせることが難しい状況になっていたため、やれるところまでやってから志穂が引き継ぐことになったのだ。そういう事情でもなければ、キー局で放映されるドキュメンタリーの撮影という重大な案件を任されることはなかっただろう。

お世話になっている先輩に報いるためにも、志穂自身の将来のためにも、この仕事はクオリティ高くやり遂げたい。顔合わせの場に遅れて着くという、間の抜けたスタートなんて論外だ。

――せめて、この子がもう少し使えれば。

隣の山田に目をやる。五月の陽光を反射する若い肌は眩《まぶ》しく、ただ髪を短く揃《そろ》えただけで見た目はそれなりに様になっている。だが一般的には好ましいとされるこの若さも、仕事では不利に働くことが多い。舐《な》められるのだ。志穂も若い女というだけで思い返すのも面倒になるぐらい、クライアントから甘く見られ続けてきた。

「志穂さん」

フロントガラスを見つめながら、山田が機嫌よく話しかけてきた。

「これから会うやつらって、どっちが女役なんすかね」

――こいつ。

同性愛者に聞いたら失礼なこと百選を作ったとして、一つ目か二つ目に来るであろう質問。勉強しておけという指示を守っていないのだろうか。あるいは志穂にならいいと判断したか。どちらにせよ、見過ごせない。

「山田くん」喉を絞る。「今の本人たちに聞いたら、カメラマン代えるからね」

山田が「えー」と不満そうな声を上げた。志穂は不満なのはこっちだと思いつつ、揉《も》めても何の得にもならないので黙る。そして胸の下で手を組み、自分たちが早く目的地に着くことと、相手がそれよりも遅く着くことを祈った。

⁂

ショッピングモールの屋内駐車場に車を停めた時、待ち合わせ時間まではもう残り八分になっていた。

急いでエレベーターに乗り、一階の喫茶店に向かう。店内を見渡して相手が来ていないことを確認し、志穂は安堵《あんど》の息を吐いた。四人がけボックス席の片側に志穂と山田で横並びに座り、テーブルに番組の企画書と名刺を複数置いて準備完了。面接官のようなスタイルで相手の到着を待つ。

インタビュー動画の男たちが現れたのは、そのわずか二分後だった。

「春日《かすが》さん！　長谷川《はせがわ》さん！」

呼びかけに応え、男たちが歩み寄ってきた。二人ともデニムにシャツという飾り気のない格好をしているのに、風景に紛れていない。そこらのタレントより画になっていて、動画がバズった理由がよく分かる。

黒髪で清潔感のある男が、春日佑馬《ゆうま》。

年齢は志穂の一つ下の二十八歳。広告会社勤務のデザイナー。大学生の頃、ＬＧＢＴサークルに所属しており、同サークルに所属していたLGBT支援団体の代表者がテレビ局のプロデューサーに話を持ちかけたことから、このドキュメンタリー制作は始まっている。撮影も彼を軸に組み立てていくことになりそうだ。

茶髪で顎鬚《あごひげ》を生やした男が、長谷川樹《いつき》。

二十七歳のフリーター。ドキュメンタリーには巻き込まれる形で参加しており、協力する気はあると聞いているがどこまで納得しているかは分からない。春日とは違い、打ち解けるまではカメラを向けすぎない方が良いだろう。

志穂の正面に春日、山田の正面に長谷川が座る。志穂は机の上の名刺を差し出し、にこりと微笑《ほほえ》みを浮かべた。

「初めまして。前任の森《もり》ディレクターが産休に入るため、本件を引き継いだディレクターの茅野志穂です。そしてこちらが、このドキュメンタリーのカメラマンを担当する山田健太朗です」

「よろしくお願いします」

山田がぎこちなく頭を下げ、自分の名刺を渡した。自己紹介が終わり、まずは飲み物を注文しつつ軽く雑談を交わす。店員の持ってきた四人分のアイスコーヒーが全員に行き渡ったのを見計らい、志穂は話の流れを変えた。

「ではそろそろ、撮影の話に入らせてください」

数枚の紙がホッチキスで留められた企画書を、春日と長谷川に配る。春日が一枚目の紙を見つめ、そこに大文字で記されている言葉を読み上げた。

「100日間……ですか」

思った通りのところに食いついた。仕事を引き継いだ時点でそれなりに話は進んでいたが、具体的な撮影期間を提示するのは今回が初めてだ。

「はい。先日プロデューサーと打ち合わせをして、その日数に決まりました。とはいえ100日ずっとついていくわけではありません。最初の数日間でお二人の日常を撮り終えましたら、あと絶対に撮るのは最終日だけ。残りは定期的にお二人と連絡を取り合い、撮影する意味がある日をピックアップできればと考えています」

「つまり100日間の密着取材というより、密着取材の候補日が100日分あるイメージですね」

「そうなります。なので期間はある程度自由に設定できるのですが、インパクト狙いで100という数字を選ばせて頂きました。もっとも春日さんと長谷川さんのご了承を得られないのであれば、再考することになりますが……」

「僕はいいですよ。樹もいいだろ？」

春日が長谷川に話を振った。長谷川は企画書を眺めてつまらなそうに呟《つぶや》く。

「いいけど、なんか詐欺くさいですね」

詐欺。糾弾の意図を感じる言葉に、志穂の脈拍が少し速まった。

「ずっとくっついて取材するわけじゃないのに、なんかすごく聞こえるから100日取材したことにするって話ですよね。誇大広告にならないんですか？」

「確かに毎日撮影をするわけではありませんが、期間中は常にお二方と連絡を取り合い、必要があればいつでも撮影に赴きます。ですから100日間の取材というのも一概に嘘《うそ》とは言えないかと」

「ふーん。じゃあ『100日間密着取材』とか言わなけりゃセーフか」

使おうと思っていたワードを封じられた。——まあ、いい。許可は下りた。

「ではOKということで、ありがとうございます。つきましては、どこからどこまでを撮影期間とするかアタリをつけたいのですが、よろしいでしょうか?」

「いいですよ。そちらから何か要求はありますか?」

春日が問いを投げてきた。話を聞く姿勢を示してくれるのは素直にありがたい。

「まず、遅くとも六月か七月には撮影を始めたいと考えています。なので、いくらでも期間を自由に選択できるわけではありません」

「分かりました」

「次に初日を土曜にして、最終日は日曜で終わる形にしたいと考えています。どちらも休日にすることで、日常から始まり日常で終わる形にしたいなと」

「なるほど。いいアイディアだと思います」

「それと最後に、期間中に大きなイベントを用意できるなら、撮影のしがいがあるのでそういう期間を選択したいです。例えば、どちらかの誕生日とか」

「誕生日……」

志穂の言葉を繰り返し、春日が長谷川の方を向いた。

「お前の誕生日が入るようにしていいか?」

「いいよ」

あっさりと許可が出た。春日が志穂に向き直る。

「樹の誕生日が九月なので、その日を含む期間にして頂ければと思います。去年は二人で江ノ島に行ったので、今年もどこかに出かけますよ」

「ありがとうございます。他にイベントの予定はありませんか？」

「そうですね。去年のお盆は、二人で僕の実家に帰省しましたが……」

春日がまた隣を見やった。長谷川が気怠《けだる》そうに口を開く。

「行きゃいいんだろ。行くよ。心配すんなって」

「なんだよ、その言い方。まだ何も言ってないだろ」

何やら険悪な空気だ。志穂は場を整えようと慌てて口を挟む。

「無理はなさらないで結構ですよ。我々はお二人の自然な姿を撮らせて頂ければそれで良いので」

「自然な姿、ねえ……」

長谷川が皮肉っぽく呟いた。良くない流れを断ち切ろうとするかのように、春日が語気を強める。

「気にしないで下さい。無理はしていません。この撮影は僕たちにとっても大切なものなんです」

開いた右手を胸に乗せ、春日が滔々《とうとう》と語り出した。

「僕たちはパートナーシップの宣誓を行い、その時に受けたインタビューが広がってインターネットで有名になりました。ですがそもそも、そんなことでインタビューを受けること自体おかしいんです。僕はこの国を、同性カップルが当たり前のように存在できる国にしたい。ドキュメンタリーを通じて社会に同性愛の理解を広め、パートナーシップ制度の拡大や同性婚の実現に繋《つな》げていきたいんです」

春日の右手が胸から離れた。その手がそのまま、志穂に向けられる。

「だから良いドキュメンタリーを撮りたいのは、茅野さんだけではありません。僕たちも同じです。

世界を変えるような映像を、一緒に作り上げましょう」

世界を変える。

同じ言葉を、かつて志穂は何度も口にした。就職活動中、映像制作の仕事に就くために様々な会社を訪問しては「世界を変えるようなものを撮りたい」と面接で繰り返した。それを笑われることも、真摯に受け止められることもあった。笑いながら真摯に受け止めたのが今の『ライジング・サン』の社長で、その態度に惹《ひ》かれ——たわけではなく他社の内定が取れず、そこに入社することになった。

あの時、社長は「うちみたいな小さい会社の方が、でっかい仕事を任されるチャンスがあるかもよ」と言っていた。そして確かにディレクターとして指揮を執る立場になるのは早かった。ただ、そもそも会社にでっかい仕事があまり来ないので、今まで世界を変えるチャンスには恵まれなかった。

そのチャンスが今、目の前にある。

「——はい」

手を伸ばす。差し出された手を摑《つか》み、力を込める。

「よろしくお願いします。今より未来の世界を映すドキュメンタリーを、力を合わせて撮らせて下さい」

春日が満足げに微笑んだ。志穂も満たされた気分になり、ちらりと春日の隣に目をやる。もう一人の撮影対象者である長谷川は、テーブルに頰杖《ほおづえ》をついて企画書を眺めたまま、握手を交わす志穂たちの方を向いてすらいなかった。

⁂

春日たちとの打ち合わせは、実りのあるものとなった。

具体的な日程を打ち上げ、現時点で予定されているイベントを整理し、ドキュメンタリー全体の構成まで組むことができた。プロットはほぼ完成したと言ってもいいだろう。あとは許可を得て撮るだけ。そういう段階に辿《たど》り着《つ》けた。

ここまでやれたのは、ひとえに春日が協力的だったからだ。春日はドキュメンタリーに強い想《おも》いを寄せており、世間に伝えたいメッセージだけではなく、それを効果的に伝えるための演出にまで考えを巡らせていた。加えてその考えも芯を捉えたものが多く、本職であるデザイナーとしての演出能力が存分に生かされていた。

映像制作の仕事に就いて間もない頃、先輩社員から「打ち合わせの後に六の手応えと四の不安が残ればその仕事は上手くいく」と言われた。そして今回は九の手応えがある。成功以外の未来を想像するのが難しいほどだ。

だけど、一の不安は残った。

「では私たちは社有車で来ているので、駐車場に戻ります。本日はご足労頂きありがとうございました」

「いえ。こちらこそ、今後ともよろしくお願いします」

喫茶店の外で春日たちと別れ、駐車場に停めた車に乗り込む。これで今日の外仕事は終わったが、まだやるべきことは山のように残っている。山田の運転で会社に向かいながら、何からどう手をつけるべきかタスクを脳内に展開して整理する。

小一時間ほど走り、会社が借りている月極《つきぎめ》駐車場に着いた。三台ある社有車は志穂たちが乗って来たワゴンを含めて二台しか停まっていない。つまり休日に機材の運搬が必要な撮影に出かけている人間が他にもいるということ。いつものことなので驚きはないが、自分だけではないと小さな安心感を覚える。

駐車場から少し歩くと、屋根の平たい二階建て家屋に辿り着く。白くて四角い角砂糖みたいな家の壁に貼ってある『映像制作スタジオ　ライジング・サン』と描かれた看板を見るたび、スタジオなんて大層なものではないだろうと思う。もっとも、漫画家がアシスタントと漫画を描く作業場をスタジオと呼ぶようなものと考えれば、実に的確な表現かもしれない。社員はまさにそういう働き方をしている。

スタジオに入り、山田と一緒に二階のオフィスルームへ。社長含めた従業員十数名分のデスクと、資料を雑に詰め込んだ本棚がほとんどを占める部屋にいる人間は、だいたいが映像の編集作業に集中していて話しかけづらい。ノートパソコンに繋いだモニターを睨《にら》んで試行錯誤する社員たちは殺気立っており、旅行先で買ってきたお土産を配るのにも神経を使うほどだ。一人を除いて。

「森さん」

自分のデスクに座りながら、隣のデスクで編集作業をしている女性――先輩社員の森尚美《なおみ》に声をかける。尚美が振り返り「お疲れ」と笑った。

「春日さんたちに会って来たんでしょう。どうだった？」

「上手くいきました。森さんが下地を整えてくれたおかげです」

「なら良かった。前向きに仕事できそう？」

「はい。今日、春日さんたちと話をして確信しました。私がずっとやりたかった仕事です。引き継ぎ先を私にしてくれて、ありがとうございます」

「お礼を言われることじゃないよ。茅野さんならできると思っただけ」

尚美がデスクの上のマグカップを手に取り、コーヒーに口をつけた。志穂がそうであるように尚美も仕事に追われていて、身だしなみをケアする余裕はあまりない。それでいて長い黒髪もきめ細やかな肌も艶《つや》やかな輝きを保っており、コーヒーを飲む仕草一つにも気品を感じる。

春日たちのドキュメンタリー撮影は、元は尚美の仕事だった。

仕事が志穂に割り振られたのは、尚美が志穂を指名したから。このドキュメンタリーは女性の視点で撮った方がいいものになると社長に訴えかけたらしい。社内に二人しかいない女性社員として尚美にシンパシーを寄せていた志穂はその話を聞き、信頼されている喜びと大役を任された緊張に身を震わせた。

「山田くん、茅野さんにコーヒー……」

尚美が背を伸ばし、志穂の対面のデスクに座っている山田に声をかけようとした。しかし言葉を途中で止めて、志穂の方に向き直る。

「いや、いいわ。私たちが下で話しましょう」

「そうですね。じゃあ、行きましょうか」

立ち上がり、マグカップを持った尚美と共に一階のリビングに向かう。スタジオ一階は応接室が一つある以外は何の変哲もない居住空間だ。リビングがあり、キッチンがあり、風呂があり、トイレがある。二階の仮眠室と合わせて問題なく宿泊可能であり、何日も泊まって仕事をする人間も少なくない。社長に至っては個室まで持っており、別に自宅もあるのにこちらが本宅ぐらいの勢いで住み込んでいる。

リビングに休憩中の社員は誰もいなかった。食器棚から自分のマグカップを取り出し、コーヒーメーカーからホットコーヒーを注いで食卓の椅子に座る。同じようにマグカップにコーヒーを注《つ》ぎ足《た》した尚美が、向かいの椅子に腰を下ろした。

「春日さん、いい人だったでしょう」

「はい。あれだけ本気で来られると、こちらも本気で応えないとって思います」

「長谷川さんは、どう?」

春日と握手を交わす傍《かたわ》らで、つまらなそうに企画書を見つめる長谷川の顔が、ふと志穂の脳裏に浮かんだ。

「春日さんとは温度差があるように感じました」

「そうね。私の時もそうだった。インタビュー動画でも話すのが得意ではなさそうだったし、あまり目立ちたくないタイプなのかも」

尚美がコーヒーに口をつけた。話を打ち切るような態度から、尚美も自分と同じように感じていると志穂は察する。九の手応えの陰に残る一の不安。それが長谷川の存在だ。春日を追う形でドキュメンタリーを作れば、長谷川の出番は少なくて済む。しかしゼロにすることはできない。

「春日さんたちの抱えている問題は、私たち女性にも他人事《ひとごと》じゃないと思うの」

マグカップをテーブルに置き、尚美が視線を斜め下に逃がした。

「ジェンダーとセクシャリティは違うものだけど、男はこう女はこうみたいな性へのバイアスが、そうじゃない男性や女性を抑圧しているのは変わらない。だから私は同性愛への偏見だけじゃなくて、性への偏見全てを取り除くようなドキュメンタリーを撮りたいと思った。色々あって、できなくなっちゃったけど」

尚美が右手で下腹部をさすった。命の宿る膨らみを撫《な》でる顔は物憂げで、仕事への未練が見て取れる。世界を変える機会を失った女。そして、それを託された女。

「私がやります」

志穂は姿勢を正した。そして尚美を真っ直ぐに見据える。

「性への偏見全てを取り除くようなドキュメンタリーを、私が撮ります。だから安心して、ゆっくり休んでください」

尚美の目尻が下がった。泣きそうな顔で笑いながら、口を開く。

「ありがとう」

⁂

若い。

喫茶店で茅野と対面した佑馬は、何よりも先にそう思った。前任の森ディレクターもテレビ番組を撮る責任者にしては若いと感じたが、そこから更に下がるとは思っていなかった。カメラマンに至ってはその辺の大学生のようで、もはや若さを通り越して幼さすら感じる。大丈夫だろうか。素直にそう思った。

しかし話が進むにつれて、その不安は消え去った。目標を明確に示し、そこに至る道筋を論理的に語る茅野は、日頃デザイナーとしてやりあっているクライアントの大半よりも話の分かる人間だった。ついこの間やりあった、「歴史と伝統」というコンセプトで作っていた広告を「誰も見たことのない新しさ」というコンセプトで作り直せと言ってきたアパレル業界の中年男に、爪の垢《あか》を煎じて飲ませてやりたいぐらいだ。

打ち合わせは一時間ほどでお開きになった。喫茶店を出て少し歩いたところで、茅野がエレベーターを指さす。

「では私たちは社有車で来ているので、駐車場に戻ります。本日はご足労頂きありがとうございました」

「いえ。こちらこそ、今後ともよろしくお願いします」

茅野たちが頭を下げ、佑馬も頭を下げ返した。樹は棒立ち。——この野郎。

「それでは、また」

茅野たちがエレベーターに向かった。佑馬の隣で樹がんーっと伸びをする。

「あー、しんどかった。ああいう真面目な空気苦手だわ」

「お前さあ……もう少し愛想良くしろよ。あれじゃあ茅野さんも困るだろ」

「嘘は苦手なんだよ。自然な姿を撮らせてくれとか、笑っちまうわ」

樹の唇が、自らを嘲るように大きく歪んだ。

「俺ら、もうとっくに別れてんのに」

エレベーターを見やる。

茅野たちはいない。いたとしてもエレベーターまではそれなりに距離があり、声が届くことはなかっただろうが、それでもやけに安心した。打ち合わせの最中、分かりやすく乗り気ではない樹を前にずっとヒヤヒヤしていたからだろう。点火済の爆弾の傍《そば》で話をしている気分だった。

「……別れたは言いすぎだろ。まだ一緒に住んでるんだから」

「それはお前が引き止めたからだろ。俺は別に――」

「樹」

言葉を遮る。そして周囲を見渡し、声をひそめる。

「誰が聞いてるか、分からないから」

自意識過剰――ではない。インタビュー動画がインターネットに広まって以降、何度も知らない人間から話しかけられた。それぐらい有名になっているからこそ、ドキュメンタリー撮影という非日常的な話が上がっているのだ。

樹が何か言いたげに唇を動かし、一旦それを引っ込めた。そしてデニムのポケットに手を入れてぶっきらぼうに話しかけてくる。

「お前、この後どっか寄ってくの？」

「本屋とか見ていくつもりだけど……それがどうかしたのか？」

「そっか。俺は帰るわ」

樹がくるりと踵《きびす》を返した。そして呆気《あっけ》に取られる佑馬に背中で告げる。

「疲れてんだよ。じゃあな」

——ずっと働かないで暇してるくせに、何言ってんだ。

出かかった罵倒を抑える。遠慮したというより、計算した。それは禁句《タブー》だ。寝た子を起こし、ドキュメンタリーから降りられたりしたら目も当てられない。

樹の姿が見えなくなった。佑馬は重い足取りで茅野たちが乗り込んだエレベーターに向かい、中に入って本屋がある階のボタンを押す。佑馬がボタンを押してすぐ、若い男女がエレベーターに乗り込んで階数ボタンの前に立った。

「何階だっけ？」

「四階」

女が右の人差し指で「4」のボタンを押した。使われていない左手は男の右手と固く結ばれている。佑馬は恋人と手を繋いで外を歩きたいタイプの人間ではない。それでも自分の境遇と比較して、ため息に近いものが漏れそうになる。

かつては佑馬もあちら側の人間だった。だけど現実はこれ。インタビューで語った前向きな言葉も、もはや皮肉にしかならない。

——僕たちはどこにでもいる普通の恋人同士なのですが。

その通りだ。春日佑馬と長谷川樹はどこにでもいる普通のカップル。だから男女のカップルがそうなるように、別れの危機に瀕《ひん》することだって、普通にある。

＊

午後五時、ＬＩＮＥで樹に『これから帰る』と連絡を入れ、佑馬はショッピングモールの散策を切り上げた。

すぐメッセージに既読がついたが、返事は届かなかった。こじれる前なら『夕飯は？』と返って来ただろう。この時間なら食べてこないだろうけれど、念のために聞いておく。そういう、あった方がいいけれどなくてもどうにかなるコミュニケーションは、もうほとんど取っていない。

自宅マンションに着き、エレベーターで五階まで上がって「５０３」と記されたドアを開ける。リビングに入るとデミグラスソースの香ばしい匂いがふわりと佑馬の鼻腔《びくう》を撫で、シャツの裏で胃がきゅうと縮んだ。手前のキッチンスペースではストライプ柄のエプロンをつけた樹が、ＩＨコンロに載せたビーフシチュー入りの鍋をおたまで掻《か》き回している。

同棲《どうせい》を始めてから炊事はずっと樹の担当だ。佑馬もできないわけではないが、樹には敵《かな》わない。初めの頃はやたらと凝った手料理が出てくるたび、ガサツそうな見た目のイメージとあまりにもかけ離れていて、驚きと戸惑いと敗北感を覚えた。

今でも樹は断りがなければ料理を二人分作る。だけどそれを二人で食べようとはしない。出来上がったら一人でさっさと食べ、佑馬はそれに自分の食事を合わせるかズラすか選択する。今ここに住んでいるのは二人ではなく、一人と一人だ。

「樹」

神妙な声色を作る。鍋を掻き回す樹の手が、ほんの少し遅くなった。

「今日から夕飯はなるべく一緒に食べよう。撮影に備えて、仲の良い空気はすぐ出せるようにしておきたい」

「そんなの、どうにでもなるだろ」

「ならない。今日も変な雰囲気になってたぞ。自覚ないのかよ」

「あー、はいはい。分かった、分かった」

樹がおたまを持っていない左手を、佑馬に向かってひらひらと振ってきた。あっち行けのジェスチャー。「そういうところだぞ」という言葉が出かかったが、どうにか飲み込んでキッチンスペースを離れ、リビング隅のアクアリウムに向かう。

腰をかがめ、スタンドの上に置いた六十センチ水槽を横から眺める。水草の合間を縫って優雅に泳ぐカージナル・テトラや、水生コケの上で細長いひげをひくつかせるヤマトヌマエビを眺めているうちに、苛立《いらだ》ちが自然と収まってきた。餌の詰まった筒状の容器を手に取って、食事をやろうと上から水槽を覗《のぞ》き込《こ》む。

「……え!?」

声が漏れた。樹から「どうした？」と声をかけられ、佑馬は水槽を指さす。

「ゴールデン・ハニー・ドワーフ・グラミーが死んでる」

「魚？」

「そう。一週間ぐらい前に三匹入れただろ。あれ」

「全滅？」

「いや、一匹だけ」

小さな網を使って死骸をすくい、手のひらに乗せる。黄色と白を基調にした流線型の身体に、目立った外傷は見当たらない。変色や斑点やこぶなどの病気を示唆する徴候もない。購入した時のまま、ただ呼吸だけを止めてしまったように見える。

「何がいけなかったのかな……」

「暑がりだったんじゃねえの？」

暑がり。軽い言葉を耳にして、思わず眉間にしわが寄った。

「どういうことだよ」

「単に、水槽が暑かったんじゃねえかなと思って。暑がりな熱帯魚だっているかもしれないだろ」

「水温管理はしっかりやってる。二十五度はゴールデン・ハニー・ドワーフ・グラミーの飼育温度として適温だ」

「そういうことじゃなくて……」

「じゃあ、どういういうことなんだよ」

抑えた方がいいのは分かっている。だけど、抑えられない。

「魚一匹死んだぐらいでピーピー騒ぐなって思ってるんだろうけど、俺にとっては大事なものなんだよ。だからそういう茶化《ちゃか》すような言い方はやめろ。命の話だぞ」

プクプク。グツグツ。アクアリウムのポンプが空気を吐き出す音と、ビーフシチューの鍋の煮える音が沈黙に溶ける。やがてキッチンスペースから佑馬をにらみつけていた樹が、ふと手元の鍋に視線を落とした。

ピッ。

ＩＨコンロの電気が切られ、鍋の煮える音が止まった。樹はそのまま流れるようにエプロンを外し、調理用具一式を収納カートにしまい出す。佑馬は唐突に片付けを始めた樹に驚き、焦り隠さずに声をかけた。

「何してんだよ」

「散歩行く。ビーフシチューはもうできてる。サラダはいつも通り冷蔵庫」

樹がリビングのドアに向かって歩き出した。そしてノブに手をかけて振り返り、うんざりしたように言い放つ。

「一緒に食うのは、明日からな」

樹がリビングから出ていった。佑馬は肩を落とし、ひとまず小さなバケツにゴールデン・ハニー・ドワーフ・グラミーの死骸を入れて洗面所に向かう。それから洗面所で手を洗ってリビングに戻り、食卓にビーフシチューとサラダとライスを並べ、手を合わせて呟いた。

「いただきます」

スプーンを手に取り、ビーフシチューをすくう。シチューの絡んだ人参《にんじん》を噛《か》むとよく煮込まれた実がほろりと解け、甘みがデミグラスソースの酸味に乗って優しく広がった。美味《うま》い。これだけの腕があり、それを生かせる職に就きながら、どうしてあっさりと辞めてしまうのだろう。仕事に適性があることと長続きすることは別だと分かってはいるが、やはり納得がいかない。

最初から、だらしのない男ではあった。

そもそも同棲を持ちかけたきっかけが、マッチングアプリで出会って逢瀬《おうせ》を重ねているうちに、樹が「家賃滞納でアパートから追い出される」と言い出したからだ。その時から樹は短期間で仕事を変える落ち着かない生活をしていて、だけどその時は佑馬もそれで良かった。樹は自分がゲイであることをオープンにしており、良い職場に巡り合うのも難しいだろうから、長い目で見ようと考える余裕があった。

しかし樹のだらしなさを間近で目にするにつれて余裕は薄れ、どうにかできないものかと考えるようになった。パートナーシップの宣誓を行ったのもその一つだ。公的に認められた関係になれば樹も背筋が伸び、生き方にも変化が訪れるのではないかと期待を抱いていた。

しかし変化はむしろ、佑馬の方に訪れた。

佑馬はツイッターをやっていない。だけどインタビューが拡散され、様々なパロディが生み出され、樹の「こいつが嬉しいなら、嬉しいですよ」という台詞《せりふ》に「うれうれ」という略称がつき、創作サイトの用語辞典に登録される事態がとんでもないことだというのは理解できた。そしてそのムーブメントを満更でもない気持ちで受け止めていた。インターネットの人々は佑馬と樹を「理想のゲイカップル」のアイコンとして扱っており、佑馬はそれが誇らしかったのだ。

ある日、佑馬が樹と街を歩いていると、自身もセクシャル・マイノリティだという中学生の女の子に声をかけられた。佑馬たちへの憧れを熱く語り、うっすら涙ぐんでいた女の子を前に、佑馬は「この子の期待を裏切ってはいけない」と思った。自分たちの残した足跡を辿って、後に続く仲間たちが迷うことなく前に進める。そういう存在になろうと心に誓った。

だからその翌日、コンビニのアルバイトをあっさり辞めた樹に激昂《げっこう》し、「次の仕事が一年続かなかったらこの家から出ていってもらう」と突きつけた。

樹はそれを受け入れ、持ち前の料理の腕を生かせるレストランバーの厨房《ちゅうぼう》担当の仕事に就いた。佑馬は樹の仕事が続くようサポートに力を注いだ。自ら店に出向き、知人や会社の同僚に店を紹介し、辞めづらくなる雰囲気を整えていった。

一ヵ月後、樹は仕事を辞めた。その理由を尋ねる佑馬に、樹はこう答えた。

「なんか、合わねえ」

そして、今。

佑馬と樹は同棲を続けている。しかし、いざこざが解決したわけではない。樹がバーを辞めてすぐ、大学時代に所属していたＬＧＢＴサークルの先輩からドキュメンタリー撮影の話を持ちかけられなければ、とっくに関係は解消されていただろう。だから今、佑馬は一人で夕飯を食べている。

顔を上げる。テレビ台の上に置かれたデジタルフォトスタンドを見やり、青空をバックに肩を寄せる自分と樹を目にして気を沈ませる。去年の樹の誕生日、二人で江ノ島まで行った時の写真。茅野には今年もどこかに行くと言ったが、果たして行けるだろうか。よしんば行けたとして、撮影に値する旅になるだろうか。

俺たちは、どこで道を間違えてしまったのだろうか。

考える。だけど不毛さを感じ、すぐに食事に戻る。死んでしまったゴールデン・ハニー・ドワーフ・グラミーをどこに埋めよう。そんなことを考えながら食べるビーフシチューは、それでもたまらなく美味くて、何だか無性に腹が立った。

一日目

ブラウンのソファに、二人の若い男が座っている。

黒髪の男はカメラを見据え、茶髪の男は視線を逸《そ》らしている。黒髪の男はライトブルーの襟シャツを着ており、部屋着にしては随分と堅苦しいが、毅然《きぜん》とした態度にはよく似合っていた。女性インタビュアーの質問に黒髪の男が答える。

——お二人が付き合い始めてから、どれぐらいになりますか？

「だいたい一年半ですね」

——同棲《どうせい》を始めてからは？

「ほとんど同じです」

——同棲のきっかけは？

「樹がアパートを追い出されそうになっていたので、僕が誘ったんです。一人で住むには広かったし、ちょうどいいかなと思って」

——追い出されそうになっていた、とは。

「仕事がなくなって、家賃が払えなくなっていたんです。ゲイであることをオープンにしていると、職場でも色々あるので」

——長谷川さんは、今も求職中なんですよね？

インタビューが茶髪の男に向かった。男はめんどくさそうに答える。

「そうですね。その後も何回か働いたり辞めたりしてますけど」

——やはり理解のある職場を見つけるのは難しいですか？

「まあ、普通の人はびっくりしますよね。そりゃ」

歯切れの悪い返事が続く。少し間が空き、質問先が黒髪の男に戻った。

——春日さんは長谷川さんを家に呼んで、すぐに慣れましたか？

「はい。良い意味で戸惑うことはありましたけどね。帰ったら食事が用意されている生活なんて、高校生の頃以来なので」

——料理は長谷川さんが担当されているんですか？

「はい。本当に美味《おい》しくて、同棲して良かったといつも思っています」

——胃袋を摑《つか》まれたわけですね。

「それはもう、がっちりと」

黒髪の男がはにかんだ。茶髪の男は、仏頂面のまま。

——パートナーシップ宣誓制度を利用することにしたのはなぜですか？

「二つ理由があります。一つはシンプルに感情の話。これからもずっと一緒にいるために、関係を証明する確かなものが欲しかったんです。だからペアの指輪を買ってパートナーシップの宣誓書を提出しに行きました。指輪はこれです」

黒髪の男がカメラに向かって左手を掲げた。薬指に嵌《は》まったシルバーのリングをしばらく見せつけた後、手を腿《もも》の上に戻して話を続ける。

「そしてもう一つは権利の話。僕らのような同性カップルは、男女のカップルと比べてとても不安定なんです。例えば、僕らのどちらかが急な体調不良で倒れ、救急車で病院に運ばれたとします。そうなった時、病状説明を受けたり、面会をしたり、緊急手術の同意書にサインできなかったりします。長く同棲していて、男女ならば内縁の関係にあると認められるようなケースだとしても、同じように扱ってくれないことがあるんです」

語りが進むにつれて、声が大きくなっていく。真面目な話をしている。だから聞いて欲しい。そういう想《おも》いがカメラ越しに伝わる。

「そういう不平等は、パートナーシップだけでは解決しません。あの制度は自治体の仕組みだから法律ほどの効力はない。男女が結婚した時と同じように、遺産の相続権を得たり、所得税の控除を受けたりすることはできないんです。そういう権利が欲しいならば同性婚を行う必要がある。そして同性婚を実現するためには、同性カップルの存在を世間に知らしめる必要があります」

力強く言い切る。そして一拍置き、声のトーンを下げる。

「制度の利用には、その意味もありました。あればちゃんと使う人がいると示したかった。その結果、色々あり、こうやってドキュメンタリーを撮って頂けることにまでなりました。僕らの日常を通じ、僕らのような存在が当たり前のようにこの国にいることを、皆さんに理解して頂ければ嬉《うれ》しいです」

黒髪の男がにこりと笑った。動から静。緩急のついた語り口が余韻を生む。和紙に水滴がしみ込むように、観《み》る者に言葉をしみ込ませる。

茶髪の男が、口を開いた。

「あの」

❊

「いいとこ住んでますねー」

　撮影機材の入ったドラムバッグを左肩に、電源の入っていないカメラを右肩に提げた山田が、春日と長谷川が同棲しているマンションの前で感嘆の声を上げた。何てことのない郊外のマンションだが、給料の安い山田からすれば一目でボロいと思わないだけ上等なのだろう。テンション高く話し続ける。

「働いてんの春日さんだけなんすよね。デザイナーって儲かんのかな」

「私たちの業界と一緒で、ピンキリでしょ」

「春日さんはピンの方？」

「知らない。失礼だから、本人には聞かないように」

「分かってますって」

　どうだか。皮肉めいた言葉は口にせず、マンションに足を踏み入れる。共用玄関のインターホンで「５０３」とボタンを押し、応答した春日にドアを開けてもらってエントランスホールへ。エレベーターで五階に上がり、山田に集音マイクを取り付けたカメラを構えさせてから、二人で５０３号室に向かう。

部屋のインターホンを押す。入るところから撮影するからそのつもりでいて欲しいと言っておいたが、上手《うま》く対応してくれるだろうか。失敗しても撮り直せばいいだけではあるが、あまり出鼻から挫《くじ》かれたくはない。

玄関のドアが開いた。現れた春日が爽やかに微笑《ほほえ》む。

「こんにちは」

整えられた頭髪に、アイロンのかかったワイシャツ。待ち構えてくれていたようだ。何ならやりすぎなぐらいで、こちらが二人とも半袖シャツとチノパンという動きやすさ重視の撮影スタイルでいることに引け目を感じる。

「では、中へどうぞ」

春日に先導され、部屋に上がってリビングに入る。リビングは手前がキッチンスペースになっており、奥にはテレビやソファ、テーブルや椅子といった一般的な家具の他に、熱帯魚の泳ぐ大きな水槽も置かれていた。ソファに座っていた長谷川が立ち上がり、志穂たちに向かって頭を下げる。

「どうも」

素っ気ない態度。服装もTシャツに短パンとかなりラフだ。カメラを向けられないほどではないが、春日と並ぶとアンバランスになる。

「これ、もう撮ってるんですか？」

長谷川がカメラに顔を近づけた。後ずさる山田に代わって、春日が答える。

「入るところから撮るって言っといただろ」

「入るところだけ撮るのかなと思って」

「それで、お前はどうやって登場するんだよ」

春日がため息をついた。そして志穂に向かって軽く頭を下げる。

「すみません。撮り直しますか？」

「いえ。編集でどうにかしますので、自由にして頂いて結構です」

「素の俺らを撮りたいんだから、あんま構えない方がいいですよね」

長谷川の気楽な言葉を聞き、春日がむっと顔をしかめた。志穂としては構えられすぎても自然体すぎても困るが、何より空気が悪いのが一番困る。

「あの奥は寝室ですか？」

リビング隅のドアを指さし、志穂は話題を逸らした。狙い通り春日が乗ってくる。

「はい」

「中を撮らせて頂いてもいいですか？」

「いいですよ。どうぞ」

春日を先頭にぞろぞろと寝室へ向かう。寝室は大きなダブルベッドがスペースの大半を占めており、やけに狭苦しい印象を受けた。志穂は何か撮り甲斐《がい》のあるものはないかと部屋を見渡し、本棚に並んでいる漫画本に目をつける。

「これ、ボーイズラブですか？」

本を指さして尋ねると、春日が首を縦に振った。

「そうです」

「ゲイの方も読まれるんですね」

「今の世の中、避けて通る方が難しいですよ。これで目覚めたというゲイも珍しくありません。僕もこういう物語があることで思春期の頃は救われました」

「なるほど。……あ」

「どうしました？」

「いえ。私もこの本、持っているので」

「ああ、この作家さんはいいですよね。僕も好きです」

春日が声を弾ませた。志穂は共通の趣味を見つけたことに手応えを覚え、この勢いでもう一人とばかりに長谷川にも話を振る。

「長谷川さんも、ボーイズラブは読まれるんですか？」

「読まないです。本はあまり読まないんで」

「そうなんですか。ドラマや映画は観られますか？」

「観たり観なかったりですね」

「どんな作品を観られるんですか？」

「サブスクで適当に、って感じです」

踏み込むな。

のらりくらりとした返答からそのメッセージを読み取れないほど、志穂も愚鈍ではない。「そうですか」と早々に打ち切り、春日に話を振り直した。まだまだ撮影期間はある。長谷川の画は別のところで撮ればいい。

寝室からリビングに戻る。アクアリウムが長谷川の趣味かもしれないと期待して質問を投げてみたが、残念ながら春日の趣味だった。素材があって困ることはないので春日のアクアリウム語りを撮りつつ、このままだと初日は春日のワンマンショーになってしまうと懸念を深める。

――先に撮っておくか。

「春日さん、長谷川さん」

アクアリウム語りが収まったところで、二人まとめて声をかける。長谷川は反応せずに春日だけが言葉を返した。

「なんですか？」

「インタビューの撮影、今から始めても良いですか？」

視聴者に二人のことを分かってもらうため、初日にインタビュー形式の紹介パートを撮らせて欲しい。事前に投げておいたその依頼をここで引っ張り出す。今日のキーになる撮影だ。このインタビューパートのバランスによって、この後のカメラの振り方が変わってくる。

「いいですよ。どうやって撮ります？」

「そこのソファに並んで座って頂けますか？　それを前から撮ります」

「分かりました」

春日がテレビ前のソファに腰かけ、長谷川が遅れてそれに続いた。志穂と山田は春日たちの正面にしゃがみ、撮影の体勢を整える。

「ではこれから私が質問をしますから、お二人はそれに答えて下さい。質問は主に事前送付したものを聞きますが、流れ次第では違う話も出します。あとこれは視聴者がお二人を理解するためのインタビューですので、私が知っていることをあえて聞く質問もあります。ご承知おきください」

「僕でも樹でも答えられる質問は、どちらが答えてもいいんですよね？」

「構いません。では、始めさせて頂きます」

志穂は深呼吸をして、喉の調子を整えた。名前や年齢のような基礎情報は語りとテロップを入れるから、わざわざ聞き直す必要はない。最初の質問は——

「お二人が付き合い始めてから、どれぐらいになりますか」

「だいたい一年半ですね」

春日がハキハキと答えた。志穂もテンポよく質問を続ける。

「同棲を始めてからは？」

「ほとんど同じです」

「同棲のきっかけは？」

「樹がアパートを追い出されそうになっていたので、僕が誘ったんです。一人で住むには広かったし、ちょうどいいかなと思って」

長谷川の名前が出た。矢面に出てもらうチャンスだと、予定外の質問を投げる。

「追い出されそうになっていた、とは」

「仕事がなくなって、家賃が払えなくなっていたんです。ゲイであることをオープンにしていると、職場でも色々あるので」

春日が長谷川を見やった。お前の話だぞという仕草に合わせ、志穂も動く。

「長谷川さんは、今も求職中なんですよね？」

「そうですね。その後も何回か働いたり辞めたりしてますけど」

「やはり理解のある職場を見つけるのは難しいですか？」

「まあ、普通の人はびっくりしますよね。そりゃ」

寝室で話した時と同じ、表面を撫《な》でるような回答が返ってきた。踏み込むのはまだ早い。ここは一旦、春日に戻そう。

「春日さんは長谷川さんを家に呼んで、すぐに慣れましたか？」

「はい。良い意味で戸惑うことはありましたけどね。帰ったら食事が用意されている生活なんて、高校生の頃以来なので」

「料理は長谷川さんが担当されているんですか？」

「はい。本当に美味しくて、同棲して良かったといつも思っています」

「胃袋を掴まれたわけですね」

いい流れだ。炊事担当が長谷川なのは知っており、元から料理をする姿は撮る予定だったが、前フリがあるとキャラクターがより明確になる。

「パートナーシップ宣誓制度を利用することにしたのはなぜですか？」

「二つ理由があります。一つはシンプルに感情の話。これからもずっと一緒にいるために、関係を証明する確かなものが欲しかったんです。だからペアの指輪を買ってパートナーシップの宣誓書を提出しに行きました。指輪はこれです」

春日が左手の甲をカメラに向け、薬指のシルバーリングを示した。魅せ方をよく分かっている。

「そしてもう一つは権利の話。僕らのような同性カップルは、男女のカップルと比べてとても不安定なんです。例えば、僕らのどちらかが急な体調不良で倒れ、救急車で病院に運ばれたとします。

そうなった時、病状説明を受けたり、面会をしたり、緊急手術の同意書にサインできなかったりします。長く同棲していて、男女ならば内縁の関係にあると認められるようなケースだとしても、同じように扱ってくれないことがあるんです」

演説のような語りが始まった。なぜパートナーシップ宣誓制度を利用したのかという問いかけは、事前に送った質問リストの中に入っている。しっかりと考えておいてくれたのだろう。

「そういう不平等は、パートナーシップだけでは解決しません。あの制度は自治体の仕組みだから法律ほどの効力はない。男女が結婚した時と同じように、遺産の相続権を得たり、所得税の控除を受けたりすることはできないんです。そういう権利が欲しいならば同性婚を行う必要がある。そして同性婚を実現するためには、同性カップルの存在を世間に知らしめる必要があります」

世界を変える。いつか交わした握手の熱が、志穂の手のひらに蘇《よみがえ》る。

「制度の利用には、その意味もありました。あればちゃんと使う人がいると示したかった。その結果、色々あり、こうやってドキュメンタリーを撮って頂けることにまでなりました。僕らの日常を通じ、僕らのような存在が当たり前のようにこの国にいることを、皆さんに理解して頂ければ嬉しいです」

春日がカメラに向かって微笑んだ。完璧だ。ここらで長谷川の言葉が欲しい。春日の答えを受けて、長谷川はどう思うか重ねる形で——

「あの」

長谷川が、口を開いた。

話を振るよりも先に動かれ、志穂は少し動揺した。どんな言葉が飛び出すのか、期待と不安を半々に込めて長谷川を見つめる。

「さっきの説明、嘘《うそ》入ってたんで訂正していいですか」

「嘘ですか？」

「はい。さっきこいつ、『同性婚しないとそういう権利は手に入らない』って言ってたじゃないですか。でもそうとも限らないんですよ」

春日が大きく目を見開いた。事前に打ち合わせた行動ではないことが、その様子からありありと伝わる。

「公正証書とか、養子縁組とか、任意後見契約とか、やれることはあるんです。面倒だったり金かかったり足りないところがあったりで、同性婚が一番簡単なのはそうですけど、同性婚しかないは嘘。まあ結婚って権利の問題だけじゃないし、同性婚なんて要らないとは言いませんけどね。国際結婚とか同性婚の制度がないとどうしようもないし」

長谷川が流暢《りゅうちょう》に語る。隣の春日は呆然《ぼうぜん》としていて、事態についていけてない。

「あと、俺がオープンゲイだから仕事辞めさせられてるみたいな話も、言葉足りてないです。そういう理由で辞めることもあるけど違う時もあるんで。つうか、ゲイだから従業員をクビするとか、普通にアウトですからね。ゲイでキモいからクビがありならオタクでキモいからクビとかもありになっちゃうでしょ。少なくとも法律ではそういうのダメになってるんですよ。俺があっさり辞めるのはそれが楽っていう、そんだけです」

——あまり目立ちたくないタイプなのかも。

違う。長谷川は目立ちたくないのではなく、興味のあること以外はどうでもいいだけ。謙虚ではなく自由なのだ。そして自由な人間を撮影する時は、どうやって引き出すかよりもどうやって抑えるかを考えた方がよい。

「今の、できたらカットしないでもらえますか」

長谷川が背中を前に傾けた。距離が近づき、声が大きくなる。

「いきなり語ったんで、使いにくい映像になってると思うんですよ。でも上手くやって欲しいんです。大勢の人が見るものなのに嘘っぽいこと言うの、あんま良くないと思うし」

長谷川の視線が志穂の眉間を射抜く。全て見透かされているような気がするし、実際、ほとんど見透かしているのだろう。少なくともカットを検討していたことはバレている。その理由がいきなり語り出したからではなく、作りたいドキュメンタリーにとって邪魔だからだということも、おそらく。

「……善処します」

志穂の上にあった長谷川の焦点が、ふっと摑みどころなく消滅した。志穂は居たたまれず山田に視線を逃がす。山田は緊張にまるで気づかず、とぼけた顔でカメラを回し続けており、新人の頃の自分を怒鳴り散らした先輩たちの気持ちが少し分かった気がした。

⁂

夕食を作る長谷川と食事をする二人、そして食後の休憩を少し撮り、志穂と山田は撮影を切り上げてマンションを出た。

コインパーキングに停《と》めた車に乗り込み、山田の運転で夜のドライブを始める。ベッドタウンの街並みはどこまで行っても代わり映えせず、助手席から夜景を眺めていても面白みはなかった。山田が人をおちょくるような口ぶりで話しかけてくる。

「志穂さん、BL読むんすね」

「悪い？」

「悪くないっすけど、志穂さん恋愛モノ興味なさそうだし、意外だなと思って」

「男女の恋愛モノは興味ない」

「そうなんすか？　それ、なんか違うんすか？」

「異性愛と同性愛なんだから、全く違うでしょ」

「ふーん。なんか、よく分かんないっす」

あんたは恋愛で面倒な目にあったことなさそうだし、分からないでしょうね。そんな喧嘩腰《けんかごし》の言葉が思い浮かんだ。だけどすぐに山田が話題を変え、声にならないまま頭の奥深くに沈む。

会社の駐車場に着いた。車を降りてスタジオに入り、廊下を歩いて二階へと続く階段を目指す。しかし途中でリビングのドアが開き、志穂と山田は足を止めた。

「お！　志穂ちゃん！」

背の低い、白髪の初老男性――『ライジング・サン』の社長、日出勲《ひのでいさお》がへらへらと笑いながら志穂に歩み寄ってきた。頬《ほお》は真っ赤に染まっており、どうやらかなり酔っているようだ。

「今日はゲイカップルの撮影《ロケ》だよね。どうだった？　飲みながら話聞かせてよ」

「すみませんが、明日も昼から別の撮影《ロケ》なので……」

「それならどうせ泊まるんでしょ？　ピリピリしてたら、かわいい顔と大きい胸が台無しよ。リラックス、リラックス」

社長が志穂の両肩を揉《も》みしだいてきた。酒臭い吐息が顔にかかり、目の前の最高権力者を突き飛ばしたくなる衝動に襲われる。顔も胸も台無しで構わない。そこに価値を見出《みいだ》して欲しいと思ったことなんて、人生でただの一度もない。

「山田くんも飲もうよ。いいワインあるから」

「はあ……」

山田がちらりと志穂に視線を送ってきた。救いを求めるような素振り。だけど残念ながら、志穂としてはこの展開は都合がいい。

「山田くん、カメラのSDカードちょうだい」

「え？」

「私は上で映像《ブイ》のチェックするから、山田くんは社長に今日の報告して。区切りがついたら私もそっち行くから」

山田が露骨に顔をしかめた。だけどすぐにその表情を引っ込め、ドラムバッグの中のカメラからSDカードを外して志穂に渡す。志穂はカードを受け取ると、すぐに階段を上ってオフィスルームに入った。自分のデスクにノートパソコンを広げ、ぐったりと椅子の背もたれに身を預ける。

隣のデスクに置いてある、小さな熊のぬいぐるみが視界に入った。

産休に入った尚美の私物。社長からセクハラめいた言動を受けた時、志穂はよく尚美に愚痴をこぼし、尚美はいつもその愚痴に付き合ってくれた。社長のことだけではない。女は鑑賞物になる生き物であって、鑑賞物を創る生き物ではない。そういう風潮が残る業界で若い女がサバイブする苦労を理解してくれるのは、少なくとも『ライジング・サン』では尚美だけだった。

——私がやりますよ。

自らの宣言を思い返し、身体の奥に熱を滾《たぎ》らせる。そうだ。こんなことで気力を削《そ》がれている場合ではない。復讐《ふくしゅう》は、ああいうセクハラジジイが生きづらい社会を作ることで果たせばいい。

両頬をぴしゃりと叩《たた》く。ＳＤカードから動画のデータをパソコンに移し、編集ソフトに読み込ませる。映像は現地でも軽く確認したが、改めて見るとよく撮れていて、山田に社長の相手を押し付けたことを若干後ろめたく感じた。

※

「では、本日はありがとうございました」

佑馬と樹が見送る中、茅野と山田が玄関から出ていった。とりあえず初日を乗り切れたことに佑馬は安堵《あんど》する。ただ、乗り切っただけだ。総合的には初日からこれで大丈夫だろうかと不安を覚える仕上がりだった。

リビングに戻ってすぐ、樹がソファに寝そべってスマホを弄《いじ》り始めた。佑馬はソファの後ろに立ち、横になっている樹に声を落とす。

「樹。反省会をしないか」

「反省会？」

「そう。今日の失敗を検証して次の撮影に生かす」

「失敗なんてあったか？」

山ほどあっただろ。そう怒鳴りたくなる気持ちを抑え込む。それをやったらそれこそ反省会どころではない。

「もっと上手くやれたって話だよ。例えばお前、茅野さんに嘘ついただろ。電子書籍でかなり読んでるのに、本読んでないとか言って」

「棚の本の話だったから、別にいいと思ったんだよ」

「嘘こけ。色々聞かれたらめんどくさいからだろ」

樹が顎を引いた。佑馬はやれやれと首を振る。

「気持ちは分かるよ。でも茅野さんは俺たちのそういうところが知りたいし、撮りたいんだ。そこを隠したらいいドキュメンタリーは完成しない。だからもう、そういう嘘はつかないでくれ。後で辻褄《つじつま》合わなくなったりしたら困るだろ」

共感を示し、事情を並べ、懇願で〆る。樹の感情を逆撫でしないよう、佑馬はなるたけ言い方を選んだ。しかし配慮は功を成さない。

「嘘の設定で撮影されてんのに、嘘つくなって言われてもなあ」

今度は佑馬がひるんだ。樹がさらにたたみかける。

「だいたい、お前だってインタビューで嘘ついただろ」

「あれは嘘っていうか……普通はああ言うだろ。同性婚以外にも手はあるとか、ゲイってだけでクビにはできないとか言ったら、ドキュメンタリーを観てる人からじゃあ今のままでいいかって思われる。立ち回りだよ」

「……それを嘘って言うんだろ」

樹が立ち上がった。真正面からにらみつけられ、佑馬の背筋がこわばる。

「何が嘘つくなだ。お前は俺に嘘つけとしか言ってねえよ」

言葉を吐き捨て、樹が寝室に消えた。ドアを勢いよく閉められ、佑馬は大きく肩を落とす。大失敗だ。これなら反省会なんて考えなければ良かった。

樹が去ったソファに座り、スマホを取り出す。撮影中はあまり触れていなかったから色々な通知が溜《た》まっていた。まずはＬＩＮＥの新着メッセージを開く。

『今話せる？』

送り主は片桐明日奈《かたぎりあすな》。佑馬が大学生の頃、ＬＧＢＴサークルの先輩として出会い、卒業後はＬＧＢＴ支援団体を立ち上げたレズビアンの女性だ。そしてテレビ局のプロデューサーにドキュメンタリー撮影の企画を持ち込み、成立まで持っていった立役者でもある。

『話せますよ』

返信を打つとすぐメッセージが既読になり、コールが送られてきた。もう少し心の準備をさせて欲しいと思いつつ、コールを取って「はい」と答える。

「佑馬くん？　今日、撮影初日だよね。終わった？」

「終わりました。でも、あまり上手くいかなかったです」

「なんで？」

「樹がちょっと。あいつ、打ち解けるまで長いんで」

「ああ。警戒心の強いタイプだもんね」

片桐は樹と会ったことがある。バズったインタビュー動画を観た片桐から「会ってみたい」と打診があり、片桐の恋人も含めた四人で会食の場を設けた。そしてそこで樹はほとんど喋《しゃべ》らなかった。食後に話したら樹は片桐の苗字《みょうじ》すら覚えておらず、佑馬はそのマイペースっぷりに頭を抱えた。

「まあ、まだ初日だし、そのうち慣れて素が出せるようになるって」

佑馬は苦笑いを浮かべた。嘘をついているのだ。素が出ては困る。

「私は適当に流せばいいとか言わないからね。ちゃんとやってよ」

片桐の声が、にわかに湿り気を増した。

「佑馬くんたちには、本当に期待してるんだから」

ドキュメンタリーの話を聞いた時、佑馬は最初、断ろうと思った。

一年続かなければ出ていってもらうと通告した仕事を一ヵ月で辞められ、別れる流れに入っている自分たちには荷が重いと感じた。だけど片桐の想いにほだされ、自分たちが今どういう状態にあるか話さないまま、頼みを引き受けてしまった。

ＬＧＢＴ支援団体の代表者である片桐の下には、様々な当事者たちの悩みが集まってくる。他人《ひと》事《ごと》だけど他人事だと思えない。そんな話をいくつも伝え聞いている。そういう現実を変えるためにやれることがあるならば、できる限り協力したい。嘘をつくのは悪いことでも、そう思うのは悪いことではないはずだ。

「来週の講演会は、来るってことでいいんだよね？」

「はい」

来週の日曜、片桐はＬＧＢＴ支援団体の代表として母校の大学で講演を行う。佑馬と樹は講演を聴きに行き、それがドキュメンタリーの一部として撮影される。初めて茅野と顔合わせをした時点で決まっていたイベントだ。

「講演会を手伝ってくれるサークルの現役の子たちがね、佑馬くんたちにすごい会いたがってるの。サインねだられるかもしれないから、考えておいて」

「嫌ですよ。片桐さんが止めて下さい」

「そうなの？　私も色紙持っていくつもりだったんだけど」

軽口を叩く。そのうち「誰？」と片桐ではない女性の声がスピーカーから届いた。片桐が「佑馬くん」と答えてから、佑馬は片桐の恋人の名前を出す。

「真希《まき》さんですか？」

「そう。楽しそうだから嫉妬されたみたい」

「じゃあ真希さんのためにも、そろそろ切りますね」

「そうね。じゃあ、おやすみ」

別れの言葉の後、やけにしっかりした声で、片桐が一言だけ呟《つぶや》きを残した。

「頑張ろうね」

通話が切れる。佑馬はスマホをボトムスのポケットにしまい、寝室を見やった。片桐と言葉を交わして高まった使命感が、樹とちゃんと話をするべきだと告げている。だけどついさっきの失敗がちらついて、すぐに行動に移せない。

気分転換のため、佑馬はベランダに出た。初夏の生温かい空気の中、手すりに上体を預けて夜の街を眺める。あちこちに輝く生活の灯を見つめながら、オープンだったりクローゼットだったり、一人だったり二人だったり、様々な形でこの世界を生きている仲間のことを意識する。

両手を握る。天を仰ぎ、星のない夜空を見上げる。例えば神様というやつがいたとして、今の自分をどう評価するだろうか。そんなことが気になった。

☆

午後十一時半。ソファの上でテレビを観ながら、佑馬はふわあと大きなあくびをした。撮影の緊張で疲労が溜まっているのか、土曜のこの時間にしてはかなり眠い。もう寝てしまおうと起き上がり、軽く伸びをしてから洗面所に向かう。

洗面所の歯ブラシ立てから、青い歯ブラシを取って歯を磨く。洗面台が濡《ぬ》れているから、五分ほど前に寝室から出てきた樹も同じように就寝準備に入ったのだろう。とはいえ、さすがにまだ眠ってはいないはずだ。今すぐ寝室に行けば、起きている樹と鉢合わせることになる。

結局、あれから樹と話はできていない。風呂やトイレのために何度か寝室から出てきたが、佑馬を一瞥《いちべつ》もせずリビングを素通りしていった。逆に佑馬が寝間着に着替えるために寝室に入った時は、わざとらしく寝室から出ていかれた。時間に任せてどうにかなる自然治癒力はとっくにない。この先の撮影を乗り切るためには、きちんと後始末をする必要がある。

歯磨きを終え、ゆすいだ歯ブラシを歯ブラシ立てに戻す。樹の黄色い歯ブラシがかたんと傾き、二つの歯ブラシがよりそう構図が生まれた。仲いいな、お前ら。青と黄の歯ブラシを胸中でからかい、洗面所からリビングに戻る。

テレビを消す。アクアリウムをチェックして、問題ないことを確かめる。「おやすみ」。小声で魚たちにそう告げて、リビングの電気を消して寝室に入る。

寝室の電気は消えていた。ダブルベッドの奥では樹が布団をかぶって横になっている。背を向けているから顔は見えない。ただ寝息は立てているので、仮に起きていたとしても、眠っていることにしておいて欲しいのは間違いない。

手前からベッドにもぐり込み、仰向《あおむ》けになって天井を見やる。すう、すう、すう。隣から聞こえる呼吸音を貫き、芯の通った声を放つ。

「さっきは悪かった」

樹の寝息が止まった。だけどまだ、返事はない。

「謝るよ。嘘つくなは確かにおかしい。俺はお前に嘘を要求している。それを認めた上で、改めて頼みたい」

焦らず、慌てず、丁寧に。

「ドキュメンタリーのために、上手に嘘をついてくれ。お前がそういうの苦手なのは分かってる。でも、頼むよ。このドキュメンタリーは俺たちと同じような――」

「だからだろ」

言葉を遮られ、佑馬は樹の方を向いた。樹は背中を向けたまま動かない。

「俺らと同じようなやつらが、いざって時に泣き寝入りしないように、できることはできるって言わなくちゃならないんだろ。ゲイってだけでクビにしたらマズいのを知らなかったり、クビにしても誰も抵抗しなかったりするから、そういうのがなくならない。差別があるからこそ、権利を知る必要がある」

「……でもお前は、そういうことがあっても抵抗しないんだろ」

「出るとこ出れば勝てるのは言ってる。それ以上はめんどくせえ。まあ俺もそうやって自分優先だから、偉そうなことは言えねえけどな」

樹が右手で頭の後ろを掻《か》いた。暗闇に浮かぶ無骨な指が、やけにはっきりと網膜に残る。このベッドの上であの指と自分の指を絡ませた。そんな記憶を身体が思い出して、首筋が密《ひそ》かに熱くなる。

何を話せばいいだろう。考えているうちに、樹の寝息が聞こえてきた。もう声をかけるな。そういう態度を前に、佑馬は仰向けになって布団をかぶり直す。

「おやすみ」

まぶたを下ろす。眠りに落ちながら、今日一日のことを思い返す。残り99日。長い戦いになりそうだった。

三日目

「才能のある社員ですよ」

サックスブルーの半袖ワイシャツを着た壮年の男が、ミーティングテーブル越しに柔らかく微笑《ほほえ》んだ。笑みに合わせて浮かぶ皺《しわ》が肉体的な老いを、清涼な声と毅然《きぜん》とした振る舞いが精神的な若さを物語っている。

「センスもいいし、ロジックもいい。それと、これはデザイナーにとってとても大事なことなのですが、人当たりもいいです。彼が『ウェイブス』に入社した時からずっと指導に当たっていますが、私が彼から学ぶことも多いですね」

男が少し身体を引いた。画面外から女性インタビュアーの声が届く。

──例えば、どのようなことを学びましたか？

「マイノリティに関する解像度は、彼の方が上だと感じることが多いです。私では想像もつかないような意見が出てきます」

──具体的には？

「私が不動産仲介業者の広告デザインを担当した時の話なのですが、家探しをする人たちを何パターンか考え、その姿を広告として押し出そうとしたんですね。そしてふと彼のことを思い出し、男性同士の恋人もパターンの中に入れてみた」

——彼の存在が刺激になった、ということですね。

「そうですね。ただ、大事なのはその先です」

——その先？

「はい。広告のアイディアがある程度整ったところで、部内会議で検討の場に出したんです。そこで家探しをする男性同士の恋人たちを前面に押し出す案に、彼が難色を示しました。なぜだと思います？」

少しの沈黙。やがて、インタビュアーの回答が出される。

——実物とイメージがかけ離れていたから、でしょうか。

「違います。実はその不動産仲介業者が、最近ＳＮＳで同性カップルの入居を断ったという話で批難されていたんです」

男の声が大きくなった。この話で興味を引こうという意思が伝わる。

「世間ではさほど話題になってはいません。ですが、そういった方面にアンテナを立てている人たちは違います。もしそういう人たちが広告に同性愛表象が使われていることを見つければ、現実では入居を断っておいて利用できる時は利用するのかという話になりかねないでしょう。彼はそれを懸念していました」

男が視線を横に流した。芝居がかった仕草が、それでも画になっている。

「私はそれを知りませんでした。いや、同性愛者は業者に入居を断られることがあるという現実をまず意識できていなかった。弊社にはＬＧＢＴに関する研修も存在しますし、全く認識していなかったわけではないのですが、業者にそういう過去がないか調べず男性カップルを広告に使おうとする程度には想定外だったんです」

男の眼球が動いた。焦点が再びカメラに合わせられる。

「万人に通じるデザインは、存在しません」

はっきりと言い切る。それが男にとって絶対の事実だと態度で示す。

「訴えたい層への訴求力を強めれば強めるほど、それ以外を取りこぼす。そういうものです。ただ取りこぼす量を少なくすることはできます。100点のデザインは創れなくても、99点のデザインなら創れるんです。そして90点のデザインを99点に引き上げるためには、90点のデザインを創る力とは全く別の力が要求される」

男が言葉を切った。一呼吸置いた後、頰《ほお》をゆるめる。

「私にとって春日佑馬という人間は、その90点を99点にする稀有《けう》な力を持った、尊敬すべきデザイナーです」

※

春日の勤務する広告デザイン会社『ウェイブス』は、都内の商業ビルの一画にオフィスを構えていた。

春日の案内でオフィスに入り、山田と共に受付で入館許可証を貰《もら》う。受付の社員は若い男性であり、会社が性に関して先進的であることがこの時点ではっきりと分かった。一般的に日本の会社は、受付に若い女性を置く。

カメラを回しながら春日を追いかけているうちに、八つのデスクが二グループに別れて配置されているエリアに着いた。春日が「おはようございます」と元気よく挨拶をして、同僚たちが明るい挨拶を返す。デスクについてノートパソコンを立ち上げる春日に、志穂より少し年上ぐらいの女性社員が隣のデスクから声をかけた。

「今日はずっと撮影？」

「午前だけです。僕だけにつきっきりってわけにもいかないので」

「ああ、長谷川くんの方も撮らないといけないもんね」

「違いますよ。僕たちとは関係ない、別の案件もあるという話です」

「そうなの？　毎日ずっと春日くんたちを撮ってるんだと思ってた」

「そんなのが続いたら、僕も樹ももちませんって」

オープンな職場だ。同性の恋人が当然のように受け入れられている。ただ同僚の恋人をくん付けで呼ぶのは、少々フランクすぎるようにも思える。

「職場インタビューもあるんだよね」

女性社員がちらりと志穂を見やった。あまり撮影中に前に出たくないが、止《や》むを得《え》ない。

「インタビューさせて頂けると聞いてはいますが、不参加でも構いませんよ」

「あ、いえ。そうじゃなくて、何時頃から始まるのか気になって」

「まずは春日さんの上司にインタビューをして、職場インタビューはその後ということになっています。上司の方はもう出社されているのでしょうか？」

「私です」

斜め向かいのデスクから、ハスキーな声が上がった。

爽やかなツーブロックと高い鼻が特徴的な、細身で背の高い男性社員が歩み寄ってくる。新人教育にバディ制を採用している『ウェイブス』において、かつては春日のバディを、今は上司を務めている男性。名は――

「久保田慎也《くぼたしんや》です。よろしくお願いします」

久保田が志穂に名刺を差し出した。志穂も同じように久保田に名刺を渡し、山田が後に続く。久保田が志穂の名刺と顔を見比べ、感心したように呟《つぶや》いた。

「お若いのにディレクターとは、優秀なんですね」

「人がいないだけですよ」

「ご謙遜を」

100パーセント真実だ。愛想笑いを浮かべて話を変える。

「インタビューはいつ頃から始められますか?」

「いつでも。何なら、今からというのはどうでしょう」

「今から?」

「できることはできるうちに。弊社のポリシーの一つです」

得意げに言い切る。自信のある人間の話し方だ。こういうタイプの撮影は、先方の言い分に従った方がスムーズに進む。

「分かりました。今から始めましょう」

「では、ミーティングルームまで案内します」

久保田が志穂から目線を外した。そして座っている春日を見やる。

「ボロクソにけなしてくるから、覚悟しとけよ」

「いいですけど、それだと放送できませんよ」

「ナマイキ言いやがって」

久保田が小さく笑い、肩で風を切って歩き出した。おそらく四十は過ぎているだろうが、立ち振る舞いが力強く年かさを感じさせない。そしてエネルギッシュでありながらスマートさも失っていない。スーツならまだしも、夏場の半袖ワイシャツで中年男性がスマートな印象を出せるのはなかなかのものだ。

久保田がミーティングルームのドアを開けた。部屋の右手の壁には大きなモニターがかけてあり、中央にはそのモニターに短辺を合わせる形で長方形のテーブルが置かれている。久保田がテーブルを指さして志穂に尋ねた。

「私はどこに座れば良いでしょうか？」

「そうですね……では、そこに座ってもらえますか？」

奥の椅子を示すと、久保田はすぐそこに座った。その後、山田が久保田の斜め前からカメラを構え、志穂はテーブルを挟んで久保田の正面に座る。

「さて、私は何をお話すれば良いのでしょう」

「それではまず、久保田さんから見て春日さんはどういう社員なのでしょうか？」

「有望な若手ですよ」

勢いを落とさず、流れるように語り出す。

「センスはいいし、ロジックもいい。それと、これはデザイナーにとってとても大事なことなのですが、人当たりもいいです。彼が『ウェイブス』に入社した時からずっと指導に当たっていますが、私が彼から学ぶことも多いですね」

「例えば、どのようなことを学びましたか？」

「マイノリティに関する解像度は、彼の方が上だと感じることが多いです。私では想像もつかないような意見が出て来ます」

「具体的には？」

「私が不動産仲介業者の広告デザインを担当した時の話なのですが——」

久保田の受け答えには、隙がなかった。

春日のインタビューも素人《しろうと》にしてはできすぎだと感じたが、それ以上だ。プレゼン能力が研ぎ澄まされている。分かりやすくていい反面、一般人の密着ドキュメンタリーであることを踏まえると、少々扱いにくい面もあるかもしれない。

「——私にとって春日佑馬というデザイナーは、その90点を99点にする稀有な力を持った、尊敬すべき相手です」

久保田が春日を褒めたたえる。本当にボロクソにけなすわけはないが、こうも臆面もなく持ち上げてくるとも思わなかった。良い関係を築けているようだ。

「春日さんが同性愛者であることは、最初から分かっていたんですよね？」

「はい。入社してすぐの自己紹介で本人が話していました」

「戸惑いはありませんでしたか？」

「ないです。弊社はＬＧＢＴフレンドリーな企業を目指し、社宅制度の対象範囲に同性パートナーを含めるなど、様々な施策を実施しています。そうである以上、彼のような人間が入社してくるのは当然です。驚くようなことではありません」

「同性パートナーでも社宅に入れるんですか？」

「審査を行い、事実婚に相当すると判断されれば可能となっています」

「なら、春日さんも入ろうと思えば入れる？」

「パートナーシップの宣誓を行っているので可能かと。私も社宅に入らないのか聞いたことがあります。恋人が自由人なので、まだ不安だと言っていました」

「なるほど。春日さんの恋人についてはどの程度ご存じなのでしょうか？」

「会ったことがあります」

予想外の返答に、志穂の質問が途切れた。久保田が言葉を付け足す。

「大学の同期との会合に使う場所に悩んでいた時、春日くんから恋人の働いているバーを紹介されて、そこで会いました。色々な人に同じようにお店を紹介していたようですよ。だから会ったことがあるのは私だけではないです」

春日と同僚の女性の会話を思い出す。なるほど。あの時、彼女が「長谷川くん」とやけにフランクな呼び方をしていた理由が分かった。おそらく彼女も長谷川の働くバーに出向き、面と向かって話をしたことがあるのだろう。

「会ってみて、どのような印象でしたか？」

「それほど話したわけではないので何とも。ハンサムな方だとは思いました」

「そうですか。では――」

「あの」

久保田が質問を遮り、志穂を見つめ出した。

送られる視線の強さに志穂は身構える。今まで久保田が発していたエネルギーには指向性がなかった。太陽が放つ熱のようなもの。だけどこの視線は違う。明確に志穂とターゲットと定め、レーザービームのようなエネルギーを発している。

こういう視線を向けられた時は、いい言葉が聞けることが多い。萎縮の裏に高揚を潜ませ、志穂はじっと口をつぐんだ。久保田の薄い唇を見つめ、その奥からどんな言葉が飛び出すのか待つ。

久保田の視線が、ふっとゆるんだ。

「申し訳ない。何でもありません。続きをどうぞ」

――残念。

落胆を隠してインタビューを続ける。続けながら、引っ込めた言葉が再度現れることを期待する。しかしそこからインタビューが終わるまで、久保田が志穂に指向性のあるエネルギーを放つことは二度となかった。

⁂

春日の職場の撮影は、滞りなく進んだ。

職場の人々は気さくで頭の回転が良く、取材相手として与《くみ》しやすかった。春日や久保田と同様、仕事によって対人能力が鍛えられているのだろう。撮影の打診に会社が二つ返事でＯＫを出した理由がよく分かる。

やがて昼休憩の時間が近づいてきた。映像は十分に集まり、午後からは別の撮影の予定も入っている。最後に礼を言って立ち去ろうと、志穂はデスクでノートパソコンと向き合っている久保田に声をかけた。

「久保田さん」

久保田が振り向いた。志穂は両手を前に揃《そろ》えて頭を下げる。

「そろそろお暇《いとま》します。本日はご協力頂き、ありがとうございました」

「どういたしまして。ところで茅野さんたちは、昼食はどうする予定ですか？」

「昼食ですか？」

「はい。差し支えなければ、春日も含めてご一緒できないかと」

「構いませんよ。元から近くで食べて、次に移動する予定でしたから」

「ありがとうございます。春日、聞いてたな。行くぞ」

久保田がノートパソコンを閉じて春日に声をかけた。呼ばれた春日が自分のノートパソコンから視線を上げる。

「昼休みまでまだ少しありますよ」

「固いやつだな。上司がいいって言ってるんだからいいんだよ」

「久保田さんが雑すぎるんですよ」

春日もノートパソコンを閉じた。そして山田も含めて四人でビルを出て、久保田の案内で近くのイタリアンレストランに入る。食事を取りながらの談笑は志穂と久保田の会話に時おり春日が混ざるといった具合で進み、山田は終始無言で話に混ざる気配すら見せなかった。

「――じゃあその化粧品のキャンペーン広告のコンペが、春日さんが今抱えている最も大きな仕事なんですね」

「そうです。コンペの参加者は強豪揃《ぞろ》いですが、私は勝てると思います。祝勝会はドキュメンタリーの撮影期間中に開くつもりですので、ぜひ撮りに来て下さい」

「久保田さん、変なプレッシャーかけないで下さいよ」

「負ける気なのか？」

「そうは言ってません」

「その意気だ」

久保田に肩をこつんと叩《たた》かれ、春日が照れくさそうにはにかんだ。距離の近さがやけに印象に残るのは、春日のセクシャリティが生む先入観だろうか。ただ『ライジング・サン』の男たちは、誰にでも距離感ゼロな社長を除き、もっとパーソナルスペースを広く取っている気がする。

「茅野さん」食後のコーヒーを飲みながら、久保田が志穂に問いを投げた。「今日の撮影で弊社にどういう印象を抱いたか、参考までに教えて頂けませんか」

逆インタビュー。本当に、どちらが取材に来たのか分からなくなりそうだ。

「先進的で素敵な会社だと思いました。女性社員の方も多くて、セクシャル・マイノリティだけではなく女性にとっても働きやすそうでしたね」

「ジェンダー平等も弊社の大事なミッションです。茅野さんのような若い女性をディレクターに押し上げているそちらの会社も、なかなかのものだと思いますよ」

「ですからそれは、人が少ないだけですって」

志穂は笑いながら手を振った。半分話術、半分本気で不満をこぼす。

「私の会社、女性社員は私ともう一人だけなんです。社長が昭和世代の男性でセクハラじみた言動も多いので、逆に入ってこなくて良いのかもしれません」

「セクハラですか」

「はい。男女関係なくいきなり肩揉《も》んだりする人ですし、下心はないと思うんですけどね。だからこちらも汲《く》んで、許してはいますが……」

「許さなくていいですよ」

明瞭な声が、志穂から言葉を奪った。生まれた空白を久保田がさらに埋める。

「茅野さんが社長からどのような言動を受けているか、私は知りません。ですが茅野さんが許せないなら、許さなくていい。それだけは間違いないと思います」

許せないなら、許さなくていい。

エネルギーのある男から放たれたエネルギーのあるフレーズが、鼓膜から全身に心地よく行き渡る。志穂は「そうですね」と呟き、さっと目線を下げた。胸の脂肪で膨らんだシャツが目に入り、そういえば久保田はここに目を合わせてこないなと、そんなことに今さら気づく。

やがて、食事が終わった。レストランの前で久保田たちと別れ、山田と一緒に商業施設の駐車場に停《と》めた車の下へ向かう。オフィス街を闊歩《かっぽ》する昼のビジネスマンたちを眺めながら、山田が呟きを漏らした。

「なんかこういうとこで働くの、落ち着かなそうっすね」

「そう？　私はこっちの方がいいけど」

「ふーん」

山田がつまらなそうに鼻を鳴らした。そしてつっけんどんに言い放つ。

「志穂さん。あの久保田って男、タイプだったりします？」

——は？

反射的に、山田を威圧する声が飛び出しかけた。パワハラになりかねないところをどうにか抑え、穏便な言葉を返す。

「どうして？」

「いや、なんか機嫌良さそうだったんで」

「私の機嫌が良さそうだと、どうして久保田さんが私のタイプになるの？」

「それは……」

山田が口ごもった。——ああ。一度引っ込めてしまったが、これはちゃんと怒っていいやつだ。

「女が男の前で機嫌が良い時は恋愛絡み。そういうこと？」

「……そうは言ってないっすけど」

「あれだけ気持ちよく応対してくれれば、気分良くなるのは当然でしょ」

志穂はこれみよがしにため息をついた。社会から性へのバイアスを取り除くドキュメンタリーを作りたいのに、そのパートナーがこの有り様では泣けてくる。

「妙な偏見を持つのはやめなさい。そういうの、春日さんたちの取材でも絶対に出るからね。分かった？」

「……はい」

山田が小さく頷《うなず》いた。意気消沈した姿に罪悪感を覚え、志穂は歩調を速める。許せないなら許さなくていい。自分に言い訳をするように、ついさっき言われた言葉を脳内で繰り返している自分が、ほんの少し情けなかった。

※

オフィスに戻ると、会社の人間はほとんどが外に出かけていた。

昼休みに入る時間が早かった分、行動サイクルがズレてしまったようだ。佑馬のグループも誰一人残っていない。とりあえず仕事を再開しようとデスクのノートパソコンにログインし、キーボードの打鍵音を閑散とした空間に響かせる。

「休憩時間中なんだから、仕事するなよ」

斜め前のデスクから、久保田が茶化《ちゃか》してきた。佑馬は指を止める。

「早めに休んだ分、早めに再開するのが筋じゃないですか」

「要らん。やめろ。カタカタうるさい」

にべもなく言い捨てられた。さらに仕事を阻害する雑談が続く。

「お前、ドキュメンタリーで会社の上司がムカつくとか言ってないだろうな」

「言ってないですよ。それ言って僕に何のメリットがあるんですか」

「確かに。お前はムカついても損得考えて黙るタイプだな」

「別にムカついてませんってば」

久保田が愉快そうに笑った。そして一呼吸開けて別の話題に移る。

「お前の恋人は、俺について何か言ってたか？」

「樹ですか？」

「ああ。会ったことあるから、何か言ってるんじゃないかと」

「何も言ってないと思いますよ。そりゃ聞かれたら答えるかもしれませんけど、茅野さんが樹に久保田さんのことを聞く意味ないですし」

何ならあいつ、久保田さんのこと覚えてないと思いますよ。興味のない人間にはとことん興味がないので。――そこまでは言わずに留《とど》める。別に覚えておいて欲しいと思ってはいないだろうが、覚えていないと言われていい気分はしないだろう。

「それより久保田さんの方こそ、インタビューはどうだったんですか。ボロクソにけなしてくると か言ってましたけど」

「褒めちぎったよ」

久保田は、佑馬の方を見ていない。

自分のデスクで、自分のスマホを眺めている。だけどちゃんと見ている。少なくとも佑馬は、そう感じた。

「よそ行きのコメントを出したわけじゃない。思っていることを話したら自然とそうなった。お前は、よくやっているからな」

言葉が胸にじんと響く。上司と部下ではなく、先輩と後輩の関係だった頃から、久保田は大事なところは茶化さなかった。右も左も分からない若僧《わかぞう》だった佑馬はそういう久保田に惹《ひ》かれ、正直な話、恋慕に近い感情を覚えたりもした。

その残渣《ざんさ》のようなものは、今でも心の隅にへばりついている。久保田が女性と交際する人間なのは知っているが、なかなか結婚しないこともあり、もしかしたら仲間なのではないかと期待してしまうこともある。樹に申し訳ないとは思うが、感情とはそういうものだろう。心をコントロールすることはできない。できるのは言動をコントロールし、誠実に他者と向き合うことだけ。

「許せないなら、許さなくていい」

借り物の言葉を口にする。久保田が顔を上げて佑馬を見やった。

「あれ、良かったです。色々な許せないことを許してきたので。これからは久保田さんの言葉を胸に、許さないで生きていきたいと思います」

ありがとうございます。その言葉の代わりに賞賛を返す。久保田がスマホに視線を戻して唇をほころばせた。

「勝手にしろ」

※

仕事を終えて、帰路に着く。

歩きながら、LINEで樹に『今から帰る』とメッセージを送る。いつも通り既読はつくが返事はない。ひたすら自分が帰宅報告をしているだけの異様なトーク画面を見つめ、やたら重たく感じるスマホをスラックスのポケットにしまう。

マンションの部屋に着き、リビングに入ると、食卓にラップのかかったチキンソテーとサラダの皿が二人分並んでいた。スウェットの部屋着に着替え、ソファに寝そべっている樹に「食事にしよう」と声をかける。そして佑馬がライスを盛った皿と麦茶を注いだコップを食卓に置くと、樹がようやくのっそりと起き上がり、佑馬と同じように夕食の準備を始めた。

樹が対面の椅子に座った。佑馬はチキンソテーとサラダの皿にかかっているラップを外し、両手を合わせる。

「いただきます」

フォークとナイフを使い、チキンソテーを切って頬張る。柔らかい肉とパリッとした皮の間から、旨味が油に乗って口の中に流れ込んできた。続けてサラダにフォークを伸ばしつつ会話を始める。

「今日、会社に茅野さんたちが来たんだけど」

「撮影だろ。知ってる」

知らないと思って話してねえよ。――ダメだ。我慢しろ。

「うちの会社のこと、すごい褒めてた。茅野さんの会社は社長が昭和のセクハラ親父《おやじ》なんだって。うちはそういうの許さないから、羨ましがってたな」

「お前んとこだって、全くないわけじゃないだろ」

「あるかないかじゃなくて、見つけたら許さないのが大事なんだよ。茅野さんは許しちゃうらしいんだけど、それって周りがそうだからだろ。だから俺の上司に許せないなら許さなくていいって言われて、嬉《うれ》しそうだった」

「ああ。あいつ、そういうこと言いそうだわ」

あいつ。距離の近い表現に、おやと違和感を覚える。

「誰のことか分かってんの？」

「久保田ってやつだろ。お前が俺の職場をあいつに紹介したの、忘れたのか？」

佑馬は驚きに目を見開いた。紹介したことは忘れていない。紹介したけど忘れているだろうと思っていただけだ。同性愛者という共通点を持つ片桐の苗字《みょうじ》すら、会食後には綺麗《きれい》さっぱり忘れていたのだから。

「一回会っただけなのに、よく覚えてるな」

「一回会えば覚えるだろ」

お前は覚えない方が多いだろうが。――だから、ダメだ。抑えろ。

「でもさ、許せないなら許さなくていいって、いい言葉だよな」

話を戻す。そして声をかけて会話に引きずり込む。

「樹。マイクロアグレッションって知ってるか？」

「知らねえ」

「日常で悪意なく放たれがちな、小さな偏見のことだよ。要するに『ゲイなら女性の気持ちも分かるでしょ』みたいなの。お前も食らった経験ぐらいあるだろ」

「なくはない」

曖昧な答えだ。ここは乗ってきて欲しかったのに。

「それで俺は、そういうことがあっても我慢してきたんだ。悪意があるわけじゃないから流そうって。でも今日、許せないなら許さなくていいって言葉を聞いて、なんかホッとしたよ。俺もそういう生き方をしたいなと思った」

「許せるなら、許してもいいだろ」

カツン。

樹がフォークとナイフをチキンソテーの皿に置いた。そして空いた右手で麦茶を手に取って飲む。

「わざと足踏んできたやつとうっかり踏んだやつで対応違うのは当たり前。思いっきり足踏まれた時と軽く肩ぶつかった時で違うのも当然だ。そんで大したことねえなと思ったら、許すこともある。それっておかしいか？」

問いかける樹に気圧《けお》されて、佑馬は背中を引いた。樹がフォークとナイフを持ち直し、チキンソテーを切り分けながら呟く。

「俺は人を許さないより、許す方が難しいと思うけどな」

チキンソテーの切れ端を樹が口に運んだ。佑馬は手元に視線を落とし、樹の言葉を脳内で消化する。確かに樹の言うことも一理ある。でも――

「でもお前は、許しすぎなんじゃないか」

顔を上げる。樹と視線が正面からぶつかった。

「仕事を辞めさせられても抵抗しないの、めんどくさいからじゃなくて、本当は我慢してるんじゃないか。そういうわざと足を踏みに来てるやつは、ちゃんと怒った方がいい。お前ばっかり我慢するのは、やっぱ、おかしいよ」

勢いが尻すぼみになった。チキンソテーの匂いがやけに鼻につく。香ばしくて、魅力的で、ひどく場違いなものに思えてくる。

「あのさ」樹が、フォークにチキンソテーの切れ端を刺して掲げた。「俺がこれ作るの失敗して、不味《まず》くなったとするだろ」

佑馬は眉をひそめた。意味が分からないが、ひとまず相槌《あいづち》を打つ。

「うん」

「そんで失敗して落ち込んでる俺を、お前が『誰にだって失敗はあるよ』とか言って慰めるわけ。それは優しいよな？」

「そうだな」

「じゃあ、俺は美味《うま》い料理ができたと思って満足してるのに、お前が自分の舌に合わないから失敗したって決めつけて、『失敗したな。でも気にするな。誰にだって失敗はある』とか言ってくるのは優しいと思うか？」

佑馬の相槌が止まった。樹が掲げていたフォークを下ろす。

「お前、そういうとこあるよ」

樹がフォークの肉を口に放り込んだ。佑馬は対話を諦め、自分の食事を進めることにする。残り97日。夕食を一緒に取ることにしたのは失敗だったかもしれない。そんなことを考えた。

九日目

「子どもの頃、雛祭《ひなまつ》りが嫌いだったんです」

赤みがかったショートボブの女性が、カメラに向かって口を開いた。ティントルージュで彩られた唇の動きに合わせて、両耳のフープピアスが揺れる。

「特にお内裏様とお雛様がダメで。『お前の幸せはこれ』と言われている気がしたんですよね。雛人形をすぐに片付けないと結婚できなくなるという話も、男と結婚できない女は不幸みたいな感じでイヤでした。でも三人官女は好きだったんですよ。だからお内裏様とお雛様の引き立て役なのが気に食わなくて、三人官女を雛壇《ひなだん》の一番上に置いて親に怒られたりしていました」

右手で口元を隠し、女性が笑った。指先にはニュアンスネイルが施されており、髪色やアクセサリーも含めて派手な印象を強めている。しかし下品ではない。自分への強い信頼を感じさせる、知的で上品な我の強さ。

——その頃から、性的指向は女性を向いていたのでしょうか？

「まさか。初恋もまだでしたよ」

インタビュアーの質問に、女性が軽やかに答えた。先ほど口元に当てていた右手を今度は顎に当て、考え込む素振りを見せる。

「でも、素養はあったんでしょうね。恋愛なんてしたことないのに、異性愛規範に違和感を覚えていたんですから。もっとも、レズビアンではなくても雛祭りが嫌いだったという女性はたくさんいますし、それだけではないと思いますが」

女性が顎から手を離した。そしてカメラに向き直る。

「すみません。話を戻します。質問はなぜ私が『マージナル・ウィメン』を設立したのか、ですよね」

——はい。

「雛祭りの話のように、私は幼い頃から異性愛規範に違和感を抱き続け、それは自分の性的指向を自覚してから強くなりました。そして大学生になってからLGBTサークルに入って、同じような想《おも》いをしている同性愛者が世の中に大勢いることを知りました。だけど、それとは真逆のことにも気づいたんです」

——真逆のこと?

「同じような想いをしていない同性愛者も大勢いる、ということです」

女性の声の張りが、ひときわ強くなった。

「特にゲイの友達は、私の感覚がピンと来ていない人も多かった。逆に異性愛者でも性別が女性であれば、私の感覚はよく通じました。それで思ったんです。人生で異性愛規範を押し付けられる強さが、男性と女性で全く違うんじゃないかと」

——男性の方がのびのび育てられている、ということですか?

「仕事をして金を稼げという規範は女性より男性への押し付けの方が強いでしょうし、結婚して子どもを作れという規範は男女変わらず強いと感じます。ただ恋愛に関しては女性の方が強く規範を押し付けられていると思うんです。規範に煩わされる機会が多い、と言った方が適切かもしれません」

女性がテーブルの上に肘を立て、手を胸の前で組み合わせた。

「異性間の恋愛は、主に男性が女性にアプローチをかけますよね。そしてゲイもレズビアンも多くの場合、カミングアウトせず異性愛者として振る舞っている。結果として気のない相手からアプローチをかけられる経験において、ゲイとレズビアンでは差が生まれやすいんです。レズビアンのマッチングアプリに異性愛者の男性が潜んでいることもあって、だからレズビアンはゲイよりマッチングアプリで会う前に相手のことを入念に確認する傾向があるんですよ。面倒な話ですよね」

女性がやれやれと首を小さく横に振った。そして目線を横に流す。

「でもそういう違いって、あまり理解されていないんですよね。違う存在が連帯することに『LGBT』の意義があるのに、それが見えなくなっている。だから私は『違いを大事にする連帯』を作りたいと思った。私が女性に特化したLGBT支援団体を立ち上げたのは、そういった想いによるものです」

質問の答えに辿《たど》り着《つ》いた。次の問いが来るより先に、女性が再び口を開く。

「春日さんは男性ですが、そういう異性愛規範の煩わしさが分かる人だったんです。高校の頃はかなり女性にモテていて、うんざりしていたと聞いています」

――なるほど。

「サークルで一番話の合うゲイでしたね。だから私は彼に期待しています。彼の生き様がしっかりと伝われば、世界は良い方向に動くと思っています」

女性が唇を結び、カメラを見る視線を強めた。意思を持たないカメラレンズに意志の強さを叩《たた》きつける。

——あの。

インタビュアーの声。女性が椅子に座り直して体勢を整えた。獣が毛を逆立てて身体を大きく見せるように、背筋を伸ばして質問に備える。

そして、思いきり透かされる。

——私も雛祭り、嫌いでした。

女性の眼力がふっとゆるんだ。気の抜けた表情に、柔らかい笑みが乗る。

「気が合いますね」

⁂

ＬＧＢＴ支援団体『マージナル・ウィメン』の代表者、片桐明日奈と初めて会った時、志穂は彼女に激しい劣等感を覚えた。

自分と同年代の女性が、自分が撮りたいと感じるドキュメンタリーの企画を、自らテレビ局に持ち込み形にしようとしている。任され仕事をこなすばかりの自分と比較して、その姿はひどく眩《まぶ》しく見えた。うっすらと赤く染めた髪がとても綺麗《きれい》で、真似《まね》してみようかと考えている自分が、どうにも卑屈に思えて嫌だった。

しかし一方、セクシャル・マイノリティの中でも取り分け女性の問題に着目して動く片桐に、志穂は強い仲間意識も覚えていた。だから片桐の講演に春日たちが赴く姿をドキュメンタリーに収めると決まった時、志穂は片桐へのインタビューも映像に組み込みたいと提案した。その方が良いものになると思ったのは確かだが、それ以上に志穂は、片桐明日奈という人間を自分の手で掘り下げてみたかった。

そして、講演当日。

「それではインタビューを終了します。ご協力ありがとうございました」

「こちらこそありがとうございます。いいドキュメンタリーにして下さいね」

片桐に激励され、志穂の頬《ほお》が熱くなった。学生会館の会議室という味気ない部屋なのに、片桐の周囲だけ不思議と華やいだ気配を感じる。職務を忘れ、個人的に声をかけてしまったほどに良いインタビューだった。書いてあって欲しいことしか書いていない本を一冊読み終えたような気分だ。

会議室を出て歩き、学生会館の休憩スペースに辿り着く。休日だけあって学生の数は少なく、空いている机や椅子が目立っていたが、春日と長谷川を囲んで談笑する若者たちはそれ以上に目立っていた。片桐が春日に歩み寄って話しかける。

「終わったよ。佑馬くんの昔のあれこれ、全部バラしちゃった」

「後輩の前で変なこと言わないで下さいよ」

「でもみんなも知りたいんじゃない？　ねえ」

「知りたいです！」

春日の向かいに座っている男の子が声を上げた。そのまま春日と片桐と若者たちの交流が始まり、志穂と山田は邪魔をしないよう距離を取る。若者たちは、かつて春日や片桐も所属していたLGBTサークル『無色透明』のメンバーだ。片桐は卒業後もちょくちょくサークルに顔を出し、たまに今回の講演会のような活動を手伝ってもらっているらしい。

「今カメラ回したら、いい画が撮れそうっすね」

「……山田くん」

「いや、勝手には撮らないっすよ。当たり前じゃないっすか。——あ」

山田の視線の先で、長谷川が不意に立ち上がった。そして談笑を続ける春日たちから離れ、志穂の右に立つ。居心地が悪くて逃げてきたのだろうが、こうなるとこちらが気まずい。志穂は沈黙を埋めるために適当な話を振った。

「長谷川さんは、大学ではああいうサークルに入っていなかったんですか？」

「俺、大学行ってないです」

——しまった。

志穂は肩をすくめた。長谷川は黙って春日たちを見ている。挽回《ばんかい》しなくては。そう思えば思うほど、何を話せばいいか分からなくなって息が詰まる。

能天気な声が、志穂の左耳に届いた。

「オレも大学は行ってないっす」

長谷川が志穂越しに山田を見やった。そして右のひとさし指を伸ばし、春日たちを示しながら山田に話しかける。

「君はあの子たちと年齢変わらないでしょ」

「そうっすね。もしかしたら年下かも」

「若いのに偉いよな。俺は働いてねえのに」

「働けばいいじゃないっすか」

「言ってくれるじゃん」

長谷川が楽しそうに笑った。そしてそのまま山田と雑談を始める。山田が語る最近の出来事に長谷川が相槌《あいづち》を打つだけの何の意味もない会話だ。しかし初めて見る長谷川のフレンドリーな態度に志穂は戸惑い、耳をそばだててしまう。

やがて「トイレ行ってくる」と言い残し、長谷川が場を離れた。話し相手がいなくなった山田に今度は志穂が声をかける。

「ずいぶん仲良さそうにしてたじゃない」

「そうっすか？　普通っすよ」

「でも長谷川さん、今まであんな風に雑談してくれることなかったのに」

「志穂さんとは話しづらいんじゃないっすかね。長谷川さんを撮る時はオレがインタビューして志穂さんがカメラやりましょうか」

山田が軽口を叩き、志穂は顔をしかめた。確かに長谷川とコミュニケーションを取れたことは評価するが、そこまで調子に乗らせるつもりはない。

「それは無理かな。さっきも危ないこと言ってたもの」

「何か言ってました？」

「長谷川さんは差別で職を失ったこともあるの。それなのに働けばいいとか、簡単に言っていいことじゃないでしょ。私たちはマジョリティなんだから」

おかしなことを言ったつもりはなかった。しかし山田は異国の言語をいきなりぶつけられたように呆《ほう》けた顔を見せる。そしてトイレから戻って来る長谷川の足音を聞きつけ、そちらを向きながらさらっと小声で呟《つぶや》いた。

「たぶん、そういうとこだと思いますよ」

※

片桐の講演は、大学のキャンパス内にある講堂で行われた。

カリキュラムとして取り入れている講義もあるらしく、扇状に配置された机はおよそ八割が埋まっていた。前方の壇上に立ち、スクリーンに映された資料を用いて講演を行う片桐の姿は凛々《りり》しかった。志穂はまたしても片桐と大きな差を感じたが、今は自分も世界を変えようとしているのだと、講演を聞きながらこの映像をドキュメンタリーにどう取り入れるか考え続けた。

講演は一時間程度で終わった。春日や『無色透明』のメンバーたちが壇上で片桐を囲む。志穂も山田を連れて片桐に歩み寄り、労《ねぎら》いの言葉をかけた。

「片桐さん、お疲れ様でした。とても興味深い講演でした」

「ありがとうございます。ドキュメンタリーには使えそうですか？」

「使えると思いますし、使いたいですね。私はこのドキュメンタリーを――」

「うおっ！　マジか！」

山田が大声で叫んだ。志穂は眉根を寄せて山田を見やる。せっかくドキュメンタリーにかける想いを熱く語ろうとしていたのに。

「どうしたの？」

「えっと、志穂さんのとこにも行ってますけど、これ見て下さい」

山田がスマホを志穂に向かって掲げた。言葉の意味は分からないまま、とりあえず差し出された画面を覗《のぞ》く。映っているのは白いバスローブのような服を着た赤ん坊の写真。そして、それに添えられたメッセージ。

『産まれました』

志穂の口から「もう⁉」と、さっきの山田に負けず劣らずの声が飛び出した。会社のＬＩＮＥグループに届いた尚美の出産報告。よく見ると既に何人かから祝福のメッセージが送られており、どうやら講演中に報告が届いていたらしい。

「どうしました？」

春日が声をかけてきた。山田と揃《そろ》って奇怪なリアクションを見せてしまったことに気づき、慌てて釈明に入る。

「会社の先輩の子どもが生まれたんです。予定日はまだ先だったはずなので、ビックリして」

「それ、森さんのことですか？」

「はい。前任の森ディレクターです」

「やっぱり。おめでとうございます。森さんからはドキュメンタリーについて、とても熱の入った言葉を頂いていました。またどこかでお会いしたいですね」

春日がしみじみと呟く。春日たちと顔合わせをした日、物憂げに腹を撫《な》でていた尚美の姿が志穂の脳裏に浮かんだ。今でもドキュメンタリーのことは気にし続けているだろう。落ち着いた頃を見計らって出向かなくては——

——そうだ。

「それなら、私と一緒に森に会いに行きませんか？」

春日が目を瞬かせた。長いまつ毛が小刻みに揺れる。

「私が出産祝いに出向く際、春日さんもご同行願えないかと。森も春日さんとお話できれば嬉《うれ》しいはずです」

「構いませんが……僕だけでいいんですか？」

春日が目を動かして斜め奥を見やった。視線の先では長谷川が片桐を中心とした輪から距離を置き、一人で黙々とスマホを弄《いじ》っている。——失念していた。確かに二人揃っていないのは違和感がある。

「可能なら、長谷川さんにも来て頂ければと思いますが……」

「分かりました。じゃあ僕が聞いておきます」

助かる。志穂は「ありがとうございます」と礼を告げた。続けて、傍《そば》で話を聞いていた片桐に話しかける。

「片桐さんも、よければご一緒しませんか？」

他意はなかった。

片桐も尚美に会っている。なら誘ってみよう。その程度の考えだ。流れの中で流れのままに発した、何の心構えもしていない言葉。

だから、ルージュで艶《つや》やかに輝く唇が憎々しげに歪《ゆが》んだ時、背筋が氷で撫でられたようにすっと冷えた。

「――ごめんなさい。しばらく忙しいので、難しいと思います」

片桐が困ったように眉尻を下げた。そしてさらに言葉を重ねる。

「茅野さんは、この後の打ち上げには参加されないんですよね？」

「……はい。仕事が詰まっているので。申し訳ありません」

「いえ。気にならさないで下さい。これからもよろしくお願いします」

片桐が右手を差し出した。講堂の照明を受けて指先のニュアンスネイルが輝く。志穂は差し出された右手に自分の右手を重ね、喉の奥から細い声を吐いた。

「こちらこそ、よろしくお願いします」

片桐がにこりと笑い、志穂から手を離した。そして春日に「佑馬くんは来るんだよね？」と話しかける。志穂はその明るい声を背景に自分の手のひらを見つめ、先ほど交わした握手の冷たさを、一人でじっと思い返した。

※

若き日の佑馬にとってＬＧＢＴサークル『無色透明』は、ロールプレイングゲームのセーブポイントのようなものだった。

現実世界という名のダンジョンで見つけた、モンスターの出現に怯《おび》えず一息つける憩いの場。十四歳の夏、同級生の男子を好きになってから誰にもカミングアウトをせず生きてきた佑馬は、初めて見つけた自分らしく生きられる場所での交流に夢中になった。初めての恋人もサークルで作った。勢い任せで始まった付き合いはあっという間に失速し、半年も経《た》たずにその関係は終わってしまったけれど、自分はこれからもこうやって生きていくのだと背中に芯が通った。

二十歳の誕生日、佑馬は両親と弟にカミングアウトをした。「嘘《うそ》ついて、ごめんなさい」。そう頭を下げる佑馬に、母親はこう返した。

「嘘つかせて、ごめんなさい」

サークルの仲間たちは誕生会を開き、カミングアウトの成功を祝ってくれた。二月生まれの春日は誕生日より先に成人式を終えており、式典は退屈の一言だったが、そう感じた理由がよく分かった。何も変わっていなかったからだ。変わっていないのにお前は変わったと押し付けられる式だったから、実感がついてこなかった。だけど今は違う。この誕生会こそが春日佑馬の成人式だ。心の底からそう思った。

セーブポイントがあれば冒険が捗《はかど》り、冒険が捗ればレベルが上がって強くなる。三年生になった佑馬はサークルの副幹事長を務め、就職面接ではその経験を語った。「自分が胸を張って生きることが、サークルへの恩返しになると思っている」。リクルートスーツを着て言い放った言葉は、大学の就職補佐職員からの受け売りではない、魂からにじみ出る本音そのものだった。

そうやって過ごした日々のことを、講演の打ち上げで訪れたパブのボックス席で二十歳そこそこの後輩たちに囲まれながら、佑馬はぼんやりと思い返していた。

「本当に、尊敬してるんですよ」

坊主頭のゲイの青年が、テーブルの向こうから熱っぽく語りかけてくる。酔いも相まって薄暗い灯《あか》りを照り返す肌がやけに淫靡《いんび》に見えた。佑馬は熱を熱で覆い隠そうとするように、自分のグラスを手に取りシャンディ・ガフを口に運ぶ。

「春日さんたちが出てから、ツイッターの雰囲気がかなり変わったんです。春日さんたちのファンアートとかも追ってて……これとか好きなんですけど」

青年がテーブルの上にスマホを差し出した。アニメ調にデフォルメされた自分と樹の絵を見て、佑馬はその美化っぷりに苦笑いを浮かべる。隣の樹がスマホをのぞき込み、佑馬の思ったことをほぼそのまま口にした。

「イケメンに描きすぎだろ」

「僕は会って本物の方がイケメンだと思いました」

「芸能人じゃねえんだから」

「似たようなもんじゃないですか」

青年がけらけらと笑った。樹は難しそうな顔で顎髭《あごひげ》を撫でている。何を考えているのだろう。初対面の相手にはだいたい不愛想なやつだから、表情から心理を読み取るのが難しい。

「佑馬くん」

後ろから名を呼ばれた。振り返ると、右手に青いカクテルの注がれたグラスを持った片桐がいて、奥のカウンター席を顎で示してくる。

「ちょっと、あっちで話さない？」

「いいですよ」

グラスを持って通路に出る。坊主頭の青年がちらりと佑馬を見やったが、すぐ樹の方に向き直った。後輩の相手を樹に任せ、佑馬はそそくさと場を離れる。

片桐と並んでカウンター席に座り、グラスとグラスを合わせる。片桐がグラスのカクテルを少し飲んでから、佑馬に話しかけてきた。

「久しぶりのサークルはどう？」

「雰囲気はだいぶ変わった気がします。外に出るようになったというか。僕がいた頃はもっと内輪の交流サークルでしたよね」

「そうね。昔は積極的に社会運動やる私たちの方が浮いてたかも」

片桐が感慨深げに目を細め、ボックス席で騒いでいる後輩たちを見やった。

「仲間で集まれればそれでいいって時代じゃないのかもね」

「いいことじゃないですか。片桐さんの活動もやりやすいですし」

「そうね。今日も色々と手伝ってくれて助かった。まあ、そういう子ばかりじゃないとは思うけど」

片桐がカウンターに片肘をつき、視線を春日に戻した。

「佑馬くん。今日なんで真希が来てないか分かる？」

片桐の口から恋人の名前を聞き、彼女が不在であることに初めて気づく。そういえば、いない。片桐と会う時はだいたい同行しているのに。

「なんで来てないんですか？」

「撮影に映るかもしれないのがイヤなんだって」

「撮っていい人しか撮らないって話になってるじゃないですか」

「信用してないんでしょ。まあでも、来なくて正解だったかもしれないけど」

片桐がグラスに口をつけた。残っていたカクテルをほとんど喉に流し込み、熱っぽい息を吐く。

「茅野さんの前任の森さんが出産した話、どういう気持ちで聞いてた？」

「どうと言われても……良かったですねとしか」

「ピュアだね。私はね、ムカついてた。森さん、性へのバイアスを取り除くようなドキュメンタリーを撮りたいとか言ってたのに、結局マジョリティだよねって思っちゃった。まあ自分のところがゴタゴタしてる八つ当たりだけど」

「ゴタゴタしてる？」

「真希が、子ども産みたいんだって」

ボックス席の方から、バカでかい笑い声が上がった。

明るいムードが背中に当たり、自分たちを衝立《ついたて》にしてカウンターに影を落とす。佑馬は自分のグラスに手を伸ばし、シャンディ・ガフを多めに口に含んだ。そうやってアルコールの力を借りて片桐に尋ねる。

「それは片桐さんと別れて、ということですか？」

「違う。精子バンクを使って産んで、子どもを私と育てたいんだって。でも私は要らないの。要らない。おばあちゃんになるまで、真希と二人でいい」

要らない。片桐が力を込めて、その言葉を繰り返した。

「そう言ったら喧嘩《けんか》になって、今、ぎくしゃくしててさ。自分がＬＧＢＴのお手本みたいな顔して裏ではドロドロなのが、なんか情けないんだよね。それでもやらなきゃとは思うし、嘘ついて講演してるつもりもないんだけど、なんかイヤなの」

「そんなの――」

――僕たちもですよ。

「――多かれ少なかれ、みんな、そんなもんだと思いますよ」

片桐が怪訝《けげん》そうに佑馬を見やった。何か隠されたことに気づく素振りを見せながら、それを暴くことなく話題を変える。

「佑馬くん。私が子どもの頃、雛祭りが嫌いだったたって話、覚えてる？」

「覚えてますよ。三人官女を一番上に置いて親に怒られたってやつですよね」

「そう。あれ鉄板ネタだから、今日もインタビューで茅野さんに言ったの。そうしたら茅野さんも雛祭り嫌いだったって教えてくれて、この人にならドキュメンタリー任せても大丈夫だなって思った。森さんの出産祝いに誘われた時はイラッと来て、一瞬だけすごい顔しちゃったけど」

片桐が自嘲気味に笑った。そしてすぐに笑みを消し、佑馬から顔を逸《そ》らしてカウンターの正面を向く。

「真希は」フープピアスが、ゆらゆら揺れる。「雛祭り、好きなんだって」

ほんの少しだけ残っているカクテルを、片桐が一気に飲み干した。ボックス席の方から「片桐さーん」と女の子の声が届く。呼びかけに「なーにー？」と答えて振り返る片桐の表情は、辛いことなんて何一つなさそうな、満面の笑みだった。

＊

打ち上げが終わり、パブの外に出る。

夜はだいぶ深まっていたけれど、学生街は少しも眠っていなかった。二次会の相談をしている若者たちに別れを告げ、佑馬と樹は駅へと向かう。内臓から湧き上がるアルコールの熱と、皮膚を撫でる初夏の熱気、そして数年前は自分も学生として歩いた街並みのノスタルジーに、佑馬の口は自然と軽くなった。

「あそこ、コンビニになったんだ。前は本屋だったのに」

「ふうん」

「海外の本の品揃《しなぞろ》えが良くて、よく通ってたんだよ。やっぱ今時ああいうニッチなのはキツいのかな。なんか寂しいな」

ふらふらと歩きながら、樹に思い出を語る。樹は相槌を打ちながらぼやけた目で街を見つめる。水族館で名前も知らない魚が泳いでいる姿を眺めているような、分厚いガラスの向こうから世界を俯瞰《ふかん》する視線。樹が時おり見せるその眼差《まなざ》しの正体を、佑馬はまだ捉えきれていない。

駅に着いた。改札を通って階段を上り、ホームのベンチに樹と並んで腰かける。駅傍の雑居ビルが掲げる学生ローンの看板が視界に入り、そこに書かれている『ご利用は計画的に』という文言を見て、「計画的に利用できるやつはお前のところから借りねえよ」とツッコミを入れてウケた過去を思い出した。あの時、一緒にいた仲間は誰だっただろう。空気は鮮明に思い出せるのに、具体的な情景が出てこない。

「ねー、大丈夫？」

駅の柱にもたれかかっている若い男に、同年代ぐらいの女が背中をさすりつつ声をかける。樹が親指で男女を示しながら話しかけてきた。

「お前もああなったことあんの？」

「ないかな。だいたい介抱する側だった」

「ああ、そうだよな。それっぽいわ」

話が途切れ、樹が斜め上に目を向けた。視線の先では電光掲示板が次の電車が来る時間を告げている。残り三分。何を話そう。考えて、一つ見つける。

「なあ、茅野さんの前のディレクター、覚えてるか？」

「林だか森だか、そんな感じだっけ」

「森さん。それであの人、無事に子どもが産まれたらしくってさ。茅野さんから一緒に会いに行かないかって誘われてるんだ」

「お前が？」

「そう。森さん、ドキュメンタリーにかなり思い入れがあるんだって。俺と話せたらきっと喜ぶって茅野さんは言ってた。それで俺は行こうと思ってるんだけど、お前も一緒に来ないか？　縁がないわけじゃないだろ」

「分かった。どうせ暇だし、予定がなきゃ行くよ」

あっさりと承諾を得られた。樹は何だかんだ断らない。パートナーシップの宣誓だって、ドキュメンタリーの撮影だって、樹が佑馬の提案を受け入れた結果だ。

だから——分かってくれるかもしれない。

「今日、どうだった？」

「どうって？」

「片桐さんの講演を聞いて、サークルの若い子たちと話をして、何か思うところはなかったのかってこと」

「別に」

樹の焦点がぼける。ガラスの向こうの魚を見る目に変わっていく。待て。行くな。これはお前が住む世界の話だ。

「前、ドキュメンタリーのために上手《うま》く嘘をついてくれってお前に頼んだだろ」

「ああ」

「その答えが、今日の子たちだ。俺たちの肩にはあの子たちの人生が乗っている。そうしたいとかしたくないとかじゃなくて、自然とそうなっているんだ。俺はずっとそれを意識しているし、お前にも意識して欲しいと思う」

スピーカーから、電車が到着するアナウンスが流れ出した。佑馬はアナウンスに負けないよう声量を上げる。

「あの子たちを失望させたくない。あの子たちが俺たちと同じ年齢になった時、今よりも優しい世界が広がっていて欲しい。それは、お前だって同じだろ」

電車が近づいてくる。振動が徐々に強くなっていく。捉えどころなく揺蕩《たゆた》っていた樹の瞳の焦点が、佑馬の上に合わさってぴたりと止まった。

「お前さ」電車が停《と》まる。「そうやって、ずっと他人のために生きていくつもりなのか?」

プシュ。

電車のドアが開き、ホームに降車客が溢《あふ》れ出《だ》す。樹がのっそりとベンチから立ち上がった。そしてこれから乗る電車を見つめて呟く。

「俺は、嫌だな」

樹が電車に乗り込んだ。佑馬もベンチから立ち上がり、酔いとは違うふらつきを感じながら電車に向かう。柱の陰で酔いつぶれた男を介抱している女が、苛立《いらだ》ちを全開にした金切り声で「電車来たってば!」と叫んだ。

三十日目

生まれたての赤ちゃんが、ベビーベッドの上で眠っている。

まだ見た目では性別も分からない無垢《むく》な命。その開かれた手に無骨な指が乗った。赤ちゃんが指を摑《つか》むとカメラが動き、指を乗せた黒髪の男性の横顔が映る。

「かわいいですね」

男性が頰《ほお》をゆるませる。呟《つぶや》きに女性インタビュアーが呼応した。

――そうですね。

「理屈抜きで守りたくなりますよね。そうじゃない人もいるとは思いますけど」

黒髪の男性が、隣で同じように赤ちゃんを見下ろす茶髪の男性の方を向いた。茶髪の男性が口を開く。

「俺は怖いかな」

「こんな赤ちゃんが？」

「ちょっと力入れたら、壊しちまいそうだから」

黒髪の男性が赤ちゃんの手から指を抜く。なくなった指を追いかけるように、赤ちゃんの手が小さく空を切った。

「怖いこと言うなよ」

「でも、俺らは無責任にかわいいとか言ってりゃいいけど、こんだけ弱い生き物を壊さないように育てなきゃならないのは大変だと思うぞ」

「……まあ、それはそうだな。他人事《ひとごと》だから、何も考えずにかわいいとか羨ましいとか言えるのはある」

羨ましい。その言葉をインタビュアーが拾った。

——春日さんは、子どもが欲しいと思っていらっしゃるんですか？

黒髪の男性がカメラを見やった。そしてすぐ視線を赤ちゃんに戻す。

「欲しいです。でも僕たちのような人間にとってそれは難しいので」

——海外では子どもを育てているゲイの方も大勢いらっしゃいますが。

「ここは日本ですから」

突き放すような言い方。インタビュアーがしばらく沈黙した。そして聞く相手を変えて同じ質問を投げかける。

——長谷川さんはどうですか？

黒髪の男性と違い、茶髪の男性は視線を赤ちゃんから動かさなかった。赤ちゃんの手が何かを求めるようにまた小さく上下する。

「俺は——」

ほんの僅かな時間だけ、言葉に不自然な空白が挟まれた。

「考えたことないです」

※

「ほー。これで近くにいるお仲間が分かるってわけね」

日出社長の大声が車内に響き、助手席の志穂は背筋を強張《こわば》らせた。長谷川がスマホを隣の社長に見せる姿をバックミラー越しに眺めながら、場合によってはいつでも口を挟めるように、唾を飲んで喉の準備を整えておく。

「こういうのは若い子の文化だと思ってたけど、年寄りも結構いるんだねえ」

「逆に、本当に若い子はマッチングアプリ以外で出会ったりしてますよ」

「ハッテン場ってやつかな？」

「違います。ツイッターとか、インスタみたいなアプリとか、色々あるんです」

「なるほど。君たちはどうやって知り合ったの？」

「マッチングアプリですね。佑馬の方から来ました」

「へえ。春日くんは長谷川くんみたいな子がタイプなのかな？」

「はあ……まあ……」

春日が答えにくそうに言い淀んだ。――勘弁して欲しい。やはり春日たちと話がしたいという要望など無視して、助手席に乗せるべきだった。いや、そもそも、連れてくるべきではなかった。

春日たちと尚美の出産祝いに出向く話を聞いた社長が「僕も行こうかな」と言い出した時、志穂は自分の耳を疑った。社員の出産祝いに出向きたいのも、一緒に出向いた方が楽なのも分かるが、まずは空気を読めと思った。とはいえ、社長だ。「空気を読んで下さい」と言うのを躊躇《ためら》い、連れていく羽目になってしまった。今思えば、反抗的な部下を潰すタイプの人間でもないし、言った方が絶対に良かった。

「気になるなら社長さんも登録して、覗《のぞ》いてみればいいじゃないですか」

「僕はノンケだし、お誘いが来たら困るからなあ」

「男とヤるノンケなんていくらでもいますよ」

「男とヤるのにノンケ？　どういうこと？」

「説明が難しいですね。概念なので」

社長と長谷川が盛り上がる一方、春日は居心地悪そうに窓から外を眺めている。志穂は「目的地まで十五分」と表示するカーナビに向かって早く着けと念じた。だが道はやたらと混んでおり、志穂たちが尚美のマンションに近いコインパーキングに車を停《と》めるまで、そこから四十分ほどかかった。

山田に撮影機材を持たせて車を降りる。撮影するかどうか悩んだが、最終的には「撮るけど撮られたくないとは言えないでしょう」という尚美の言葉を受けて撮ることになった。今まで常にカメラを構えて追ってきたのに、身内への訪問の時だけそうしないのは確かに信用に関わる。

マンションに入り、尚美の部屋に向かう。部屋のインターホンを押してすぐ、ドアがゆっくりと開いた。中から出てきた尚美が志穂たちに優しく笑いかける。

「いらっしゃい」

何よりも先に、志穂はまず戸惑いを覚えた。

長かった髪は短めに切られており、髪型もヘアゴムを使って後ろで束ねただけ。産後の肉付きの良い身体にグレーのルームワンピースが貼りつき、上品とは言いづらい形でボディラインが見えてしまっている。カメラが入るのは分かっているはずなのにメイクも薄めで、今までプライベートで会ったことは何度もあるが、ここまで生活感が出ている姿を見るのは初めてかもしれない。

「髪、切ったんですね」

「うん。とりあえず、上がって」

部屋に上がり、柄物のラグが敷かれたリビングに通される。大きなローテーブルを囲むようにラグの上に座っていると、尚美が全員分のインスタントコーヒーを用意してくれた。まずはカメラを回さず、コーヒーを飲みながら談笑を交わす。

「はい、これ。出産祝いのカタログギフト。お返しはいいからね」

「ありがとうございます。なるべく早く仕事に復帰できるよう頑張ります」

「いいよ。旦那はテレビ局のＡＤでしょ。忙しさ分かるからさ。産休も育休もフルに使ってパーッと休んじゃって。その間は志穂ちゃんが二人分働くよ」

社長が隣に座っている志穂の肩に手を乗せた。顔をしかめる志穂を見て、尚美は困ったように目尻を下げる。

「ところで、赤ちゃんはどこなの？　見たいんだけど」

「そこの寝室で寝ています。見るのはいいけど、起こさないで下さいね」

「分かった。じゃあ志穂ちゃん、行こうか」

社長が立ち上がり、志穂に声をかけてきた。志穂は自分だけ誘われた意味が分からずに座ったまま尋ねる。

「私だけですか？」

「うん。だって尚美ちゃんはこれから春日くん長谷川くんと話すんでしょ。山田くんはそれを撮る。じゃあ志穂ちゃんしか空いてないじゃない」

「撮影に入るなら、私も席を外すわけには――」

「尚美ちゃんもいるし、平気だよ。僕らがいたら邪魔だって」

「はあ……でも……」

煮え切らない態度を示し、山田に視線で助けを求める。山田は志穂のレスキューサインを正しく感じ取り、そして不安を払拭する方法を盛大に間違えた。

「任せて下さい！　志穂さんが欲しい映像《ブイ》は手に取るように分かるんで！」

「ほら、山田くんもああ言ってるんだからさ」

――もう、いい。使えればラッキーぐらいの映像だ。諦めよう。

「分かりました。行きましょうか」

志穂は立ち上がり、社長と寝室に入った。音を立てないようにドアを閉め、部屋の隅のベビーベッドに歩み寄る。関節の分からないぷにぷにした腕を広げ、ベッドの真ん中で眠る赤ちゃんを見て、社長が「かわいいねえ」と小声で呟いた。

「若い頃は分かってなかったけど、子どもは宝だよねえ」

「子どもが苦手だったんですか？」

「うん。自分の子が生まれた時もなんか不気味だと思ってた。そんなんだから離婚されちゃったんだけど」

唐突に重い話が挟まれた。知っているとはいえ、気まずいものは気まずい。志穂はリビングの方を見やって話題を逸《そ》らした。

「山田くん、大丈夫かな」

「大丈夫だよ。もっと山田くんを信用してあげなさい。ペアを組んでる志穂ちゃんだって、山田くんを上手《うま》く使えば楽になるんだから」

使えるなら使っています。返答を、オブラートに包んで外に出す。

「あの子は口が軽いので、対人交渉をやらせるのは不安なんです。編集も色が出るから私がなるべく一貫してやりたいですし……」

「それじゃあいつまで経《た》っても山田くんが成長しないよ」

「それはそうですけど、何かあったら大変なので」

「そこは先輩なんだから、志穂ちゃんがどうにかしなさい」

――は？

漏れそうになった言葉と表情を抑える。しかし社長は志穂の努力に気づかず、さらに追撃を加えてきた。

「ところでさ、尚美ちゃんの胸すごくなかった？」

「……胸？」

「産後はおっぱいが大きくなるけど、あれはすごいね。驚いちゃった」

目尻に皺《しわ》を浮かべ、日出社長が志穂の胸を見ながらにたりと笑った。

「志穂ちゃんのより、おっきくなってたかも」

おそらく、社長に悪気はない。

志穂を困らせようとか、不快にさせようとか、そんなことは考えていない。笑みが厭《いや》らしく見えるのもきっとバイアスだろう。だけど、それと社長の発言を許せるかどうかは、全くもって何の関係もない。

許せないなら、許さなくていい。許さなくていい。許さなくて――

「あ――――――!!」

超音波のような高音が、寝室中の空気を引き裂いて揺らした。

いきなり泣き出した赤ちゃんを前に、日出社長が目を剝《む》いた。そしておろおろと慌てふためく。

「どうしよう。志穂ちゃん、どうすればいい？」

「そんなこと聞かれても……」

「おしゃぶりとかガラガラとかないかな。尚美ちゃんに聞いてこようか」

「……それなら、普通に森さんを呼べばよくないですか？」

寝室のドアが開いた。

現れた尚美が、ベビーベッドの赤ちゃんを抱き上げて「どうしたのかなー？」と声をかける。そのまま尚美がしばらく赤ちゃんをゆすっていると、赤ちゃんは嘘《うそ》みたいに泣きやんだ。その様子を見て、日出社長が感嘆の息を吐く。

「すごいね。やっぱり赤ちゃんはお母さんに任せるのが一番だ」

「……そんなことないですよ。社長も抱っこしてみます？」

「いいの？　じゃあ、せっかくだし」

日出社長がおっかなびっくりな手つきで、尚美から赤ちゃんを受け取った。そして両手で赤ちゃんの腰と背中を支えて「重たいねえ」と感想を漏らす。赤ちゃんの瞳が大きく動き、日出社長を視界に捉えた。

赤ちゃんが、もっちりした顔をくしゃくしゃにしかめた。

「あ――――――!!」

※

一時間ほど経った後、まだ話し足りない志穂だけが尚美の家に残り、他の人間は帰路に着くことになった。

「じゃあね、志穂ちゃん。女子同士のぶっちゃけ恋愛トーク、楽しんで」

ひらひらと手を振り、社長たちがリビングから出ていく。その姿が見えなくなってすぐ、志穂は背中からラグに倒れ込み深く息を吐いた。ソファに座っている尚美がおかしそうに笑う。

「そんなにイライラした？」

「だいぶ来ました。普通、産休中の社員に向かって『こういう時に浮気する男は多いから気をつけないとね』とか言います？　浮気する方が悪いのにこっちが気をつける必要があるみたいな言い方も腹立つし……本当、連れてきてすみません」

「いいよ。勝手についてきたのも、志穂ちゃんじゃ止められないのも分かるから」

志穂ちゃん。尚美さん。

志穂と尚美は、仕事中はお互いを苗字《みょうじ》で、プライベートでは名前で呼ぶことにしている。公私の区別をつけるためではない。お互いがビジネスパーソンであることを周囲にアピールし、職場の花にされないようにするための抵抗だ。何の断りもなく名前にちゃん付けで呼ぶ社長や、それに影響されて十近くも年下なのに名前で呼ぶ山田には分からない感覚だろう。分かるなら、そういう呼び方はしない。

「それに春日さんたちを連れて来てくれたのは嬉《うれ》しかったから。いい対談できたと思うし、使うなら使っていいよ」

「分かりました。確かに、お二人の子どもについての意識も聞けたし、今日は思っていたよりいい映像が撮れたんですよね。自然な流れでドキュメンタリーに組み込むのが難しそうですけど」

「スタートから導線引いておけばいいんじゃない？　例えば――」

ドキュメンタリーをどう仕上げるかの話で盛り上がる。社長は女子同士のぶっちゃけ恋愛トークと言っていたが、志穂が尚美と話すのはだいたい仕事のことだ。そもそも志穂の経験上、女に恋人の有無やら好きな男のタイプやらをよく聞いてくるのは女より男なのだが、当の男にはなぜだかその自覚がさっぱりない。

「そういえば尚美さん。子どもの頃、雛祭《ひなまつ》りは好きでしたか？」

「好きでも嫌いでもないって感じだったけど……どうして？」

「片桐さんって覚えてますよね。春日さんの大学の先輩で、ドキュメンタリーの企画を最初に持ち込んだＬＧＢＴ団体の方。この間、その片桐さんの講演会に春日さん長谷川さんと伺ったんですけど、そこで片桐さんは雛祭りが嫌いだったたって言ってたんですよ。女の幸せを決めつけられてるようで不快だったって」

志穂の語りが饒舌《じょうぜつ》になる。尚美は分かってくれると思っているから。

「私はそれを聞いて、この仕事に手応えを感じたんです。こういうちゃんと分かってる人が協力してくれるなら、尚美さんが言っていたような、性別そのものへの偏見を取り除くようなドキュメンタリーを撮れるって思いました」

「……いい仕事してるのね」

「はい。尚美さんの分も頑張りますから、安心して休んでいて下さい」

「社長もそれ言ってたね。志穂ちゃんが二人分頑張るって」

尚美が唇をほんの少し吊《つ》り上《あ》げた。そしてソファの上から、ラグに直接座っている志穂をじっと見つめる。何か言いたげな素振りに志穂は口を閉じるが、尚美は一向に動かず、エアコンの送風音だけがリビングに静かに響く。

あー。

寝室から赤ちゃんの泣き声が聞こえた。それでも尚美は動かない。ドア越しに甲高い泣き声が聞こえる中、押し黙って志穂を見つめている。

「尚美さん」

声をかける。反応なし。赤ちゃんの泣き声のボルテージがどんどん上がり、焦燥感を煽《あお》るものになっていく。

あー。あー。あー。あー。あー。あー。あー。

「でもさ」あー。「志穂ちゃんが二人分頑張ったら、私はもう要らないよね」

尚美の瞳には、感情がなかった。

喜も怒も哀も楽もない、ひたすらに無だけがある目。その在り方に志穂は覚えがあった。何だろうと考えて、すぐに気づく。カメラレンズ。

「私ね、退院してからほとんどテレビ見てないの」

尚美が電源のついていないテレビを見やった。志穂もつられて同じ方向を向く。そして真っ黒な画面に映る自分たちを目にして、わけもなく、見なければ良かったと思う。

「旦那がつけてる時に一緒に見るぐらい。特にレポとかドキュメンタリーとか、今まで私が撮って来たようなものがダメ。なんでだと思う？」

画面に映る志穂に、尚美が問いを投げた。志穂は小学生の頃に怖い話を集めた本で読んだ、問いに答えたらあの世に連れていく妖怪のことを思い出す。

「置いていかれる気がするの」

あー。あー。あー。赤ちゃんの泣き声は、まだ続いている。

「私が休んでいる間に、世界が私の居場所を奪っていく気がする。みんなが私に休めって言うたび、狭い箱に押し込められたような気分になる。近い業界にいる旦那は仕事を続けているのに、どうして私は休まなくちゃいけないのか分からない。箱にしまわれなきゃいけない理由が、理解できない」

画面の中の尚美が首を動かした。志穂も同じように画面から視線を外す。そして現実の尚美と向き合い、その言葉を聞く。

「私ね、志穂ちゃんの仕事、失敗しろって思ってたんだ」

私がやります。いつか尚美に宣言した言葉が、志穂の脳内に蘇《よみがえ》る。

「失敗して、失望されろって思ってた。会社の人たちに私がいなくても大丈夫って思われたくなかった。だから今日は不安だったの。会ったら我慢できなくて吐き出しちゃうんじゃないかって。

――思った通りだった」

尚美が頭の後ろを撫《な》でた。短くなった髪をまとめるヘアゴムに指が振れる。

「会ってすぐ、髪切ったこと言われたでしょ。あそこからもうダメだった。切りたくて切ったわけじゃない。ロングをケアする余裕がないだけなのにって、ずっとイライラしてた。八つ当たりなのは分かってる。でも止められないの。頼むから私の目の前から消えてくれって、今この瞬間もずっと思い続けてる」

尚美の目から、つうと涙がこぼれ落ちた。

「どうすればいいかな?」

赤ちゃんの泣き声が一際大きくなった。尚美がゆらりと立ち上がり、何も言わず寝室に向かう。志穂はその姿を追わず、追うことができず、腿《もも》の上に乗せた自分の手を見つめて固まっていた。

※

「それにしても尚美ちゃんのおっぱい、本当にすごかったねえ」

開いた両手を自分の胸に乗せ、助手席の日出が運転席の山田に話しかけた。山田は前を向いたまま「そうっすねえ」と曖昧な笑みを浮かべる。

「志穂ちゃんよりおっきかった気がするんだけど、どう思う？」

「うーん……ちょっと分からなかったっす」

「そもそも志穂ちゃんって何カップなのかな。山田くん、聞いたことある？」

「さあ……」

日出と山田を観察しながら、佑馬は話が後部座席の自分たちに飛んでこないことを祈る。しかし祈りは届かず、日出が振り返り「君たちはどう思った？」と話しかけてきた。答えに詰まる佑馬に代わって、隣の樹が質問に答える。

「見てなかったから分からないです。俺ら、そこ興味ないんで」

「あー、そっか。君たちは男性のどういうところをよく見るの？」

「俺は腕見ますね」

「へー。春日くんは？」

「……鎖骨とか」

「なるほど。面白いねー」

人の性を面白がらないで下さい。刺々《とげとげ》しい言葉が飛び出しかけたが、すぐに日出が山田との会話に戻って未遂に終わった。聞いてはいたが、想像以上だ。久保田に愚痴をこぼしていた茅野を思い返し、この場にいない彼女に同情を寄せる。

やがて車が、佑馬たちのマンション前の路傍《ろぼう》に停まった。佑馬は一刻も早くこの場を離れようと後部座席のスライドドアを開ける。しかし半身を外に出したところで日出に押しとどめられた。

「春日くん、待って」

「……なんですか？」

「今日、山田くんと一緒に飲んでくれない？」

佑馬は目を丸くした。同じように驚いている山田が口を挟む。

「どういうことっすか？」

「まだまだ付き合う人たちなんでしょ。仲良くしておいた方がいいじゃない」

「それはそうっすけど……」

「車は僕がスタジオまで運んどくからさ。ほら、降りて降りて」

虫を追い払うように、日出が山田にしっしと手を振った。山田は腑《ふ》に落ちない顔をしながら車を降り、空いた運転席に日出が座る。日出が助手席の窓を開け、運転席から歩道に向かって大きな声を放った。

「それじゃあ、またねー」

車が発進した。山田がはーと大きく息を吐く。樹が車の去った方を眺めながら山田に声をかけた。

「無茶苦茶なじーさんだな」

「思いついたことを、思いついた時に、思いついたままやる人なんで……」

「そうじゃなきゃ今日も来ねえわな。どうする？　俺は飲みいってもいいけど」

「じゃあ、行きましょうか。春日さんはどうします？」

「……行くよ」

肯定を返す。するとすぐに樹と山田が「駅前の居酒屋でも行くか」「空いてるといいっすね」と話しながら歩き出した。適応力がある。佑馬としては、日出はもちろん、この二人にもあまりついていける気がしない。

駅前の大衆居酒屋に入ると、四人がけの席に案内された。横に並んだ佑馬と樹が山田と向かい合う形で席につき、まずは生ビールの中ジョッキを三杯とつまみをいくつか頼む。ビールが届いてすぐ、樹が自分のジョッキを持ち上げてテーブルの中央に差し出した。

「そんじゃ、お疲れ」

「お疲れさまーっす」

「お疲れ」

樹と山田が勢いよくジョッキをぶつけ、佑馬はそこにコツンと自分のジョッキを合わせた。そのままビールを飲み、雑な苦みに顔をしかめる。チェーン店の居酒屋に過度な期待を抱いていたわけではないが、それにしても美味《うま》くない。話の肴《さかな》として存在する飲み物だ。

「ところでこれ、君の修業みたいなもんでしょ。俺らは何を話せばいいの？」

「あ、分かります？」

「分かるよ。君に仕事させたいんだなってのは、今日ずっと感じてた」

「社長、オレがロクな経験を積んでないんじゃないかって心配してるんすよ。だからついて来て様子を見たり、こういう場を用意したりしてるわけっす。たぶん」

「そんならもうちょっと自然にやりゃいいのに」

「それができる人に見えます？」

「見えねえな」

樹が笑い、山田も笑う。佑馬は流れに乗れず、ビールと一緒に運ばれて来たお通しの漬物に手を伸ばした。——これも美味くない。樹が家で出す漬物の方が美味いのはどういう理屈なのだろう。樹も自分で漬けているわけではないのに。

「でも君はカメラマンなんだから、カメラマンやってればいいんじゃないの」

「オレだっていつまでもカメラだけやってるつもりはないっすよ。いつかは志穂さんみたいにディレクターとかやりたいっす」

「じゃあそう言って、色々やらせてもらえばいいじゃん」

「……志穂さん、オレへの信用ないんで」

「分かるわ。あの姉ちゃん、他人を信用しないタイプだよな」

「気が強いんすよね。もうちょっとオレを頼ってくれていいと思うんすけど」

「まあ君からしたら、好きな女には頼りにしてもらいたいわな」

会話が途切れた。

店員が頼んだつまみを一通り持ってきて、場の空気が仕切り直される。店員が去った後、何事もなかったかのようにお好み焼きを食べ始める樹に、山田がおずおずと尋ねた。

「どうして分かったんすか？」

「どうしてって、見てれば分かるでしょ」

樹がこともなげに言い放った。分かっていなかった佑馬は黙ってオニオンサラダに手を伸ばす。正確には分かっていなかったというより、山田の存在をほとんど気に留めていなかったのだが。

「そんで、上手くいってんの？　見てる感じダメそうだけど」

「……その通りっす」

山田が肩をすくめ、佑馬の方に目をやった。

「春日さんの職場に撮影に行って、上司の人と話したじゃないっすか。あの時の志穂さん、妙にテンション高いと思いませんでした？」

「さあ……僕は普段の茅野さんを知らないから」

「高いんすよ。なんか上機嫌で、ウキウキしてて。そんでオレ、つい『ああいう男がタイプなんですか？』みたいなこと聞いちゃったんすよね」

「めんどくせー男の定番じゃん。怒られたでしょ」

樹が口を挟んできた。山田が背中を丸めてうなだれる。

「怒られました。『女が男の前で機嫌がいい時は恋愛』は偏見だって」

「だよな。アタリでもハズレでも怒られるんだから言っちゃダメだって」

「そうなんすよね……頭では分かってるんすけど……」

盛り上がる樹と山田を、佑馬はビールを飲みながら冷めた目で眺める。自分が話に入りきれないことと、樹が入りきっていること、どちらもじんわりと不愉快だ。こんなにも楽しそうな樹の姿、ここ半年は見た記憶がない。

「志穂さん、結婚願望とかないんすよね」

樹と山田のビールが二杯目に入った辺りで、山田が嘆きの言葉を口にした。赤く染まった顔が幼い印象をさらに強めている。

「今日も赤ちゃんかわいいとか言ってましたけど、欲しいとは思ってないんだろうなってのが分かるんすよ。どうしたらその気になるんすかね」

「そこは本人次第じゃねえの」

「それはもちろん、そうなんすけど……」

山田が赤ら顔を佑馬に向けた。酔いの影響で目がとろんとしている。

「春日さんは子ども欲しいんすよね？　どうしてっすか？」

——無神経な質問だ。撮影中に似たような問いを受けはしたが、それは撮影だからであって、酒の席で同性愛者に易々《やすやす》と尋ねていいことではない。

「君は欲しくないの？」

「オレっすか？　いつかは欲しいと思ってますけど……」

「それと同じだよ。ゲイのくせに分不相応な夢を見てると思われるかもしれないけれど、欲しいものは欲しいんだ」

突き放すように答える。山田が「そうは思ってないっすけど……」と申し訳なさそうに首を引っ込めた。佑馬は喧嘩腰《けんかごし》で返したことを少し後悔するが、知ったことかと振り切り、まだ一杯目が残っている自分のビールジョッキに手を伸ばす。

ぶっきらぼうな声が、隣から届いた。

「俺は、要らねえかな」

右を向く。樹の顔は対面の山田に向けられていたが、その目は山田を見ていなかった。ぼんやりと中空を見つめ、独り言のように呟く。

「子どもが俺んとこ来て、幸せになれると思えねえんだよな。自分優先だし、その日暮らしだし、ゲイだし」

最後の一言は、さすがに聞き捨てならなかった。

「別にゲイだからって、子どもを幸せにできないことはないだろ」

樹が佑馬の方を向いた。赤くなった顔を軽くしかめて口を開く。

「ハードルは上がるだろ。どうしたって」

「それは上げる方が悪い。だいたい、男女の夫婦に『子どもが生まれても幸せになれないから産むな』とか言うのは言うやつが悪いだろ。なら同性愛者も同じだ。そんなことでゲイが子どもを持つ権利を阻害されるのはおかしい」

「権利じゃなくて、覚悟の話をしてるんだよ」

「じゃあ覚悟を持てばいいだろ！　お前は覚悟の話をしてるつもりでも、周りは権利の話にすり替えるんだ！　そういうの、いい加減に理解しろよ！」

声を荒らげる。激昂《げっこう》に気圧《けお》されて、周囲の喧騒のボリュームが小さくなった。樹がジョッキに手を伸ばし、緩慢な動作でビールを飲んでから口を開く。

「理解してるから、カメラの前では言わなかったんだろ」

樹のジョッキが、勢いよくテーブルに置かれた。大きな音が攻撃的な感情を語る。対面の山田が慌てたように、深々と頭を下げながら口を挟んできた。

「あの……変なこと聞いてすみませんでした。全部オレのせいっす」

頭を上げきらず、山田が上目づかいに佑馬たちを見やった。

「だから喧嘩しないで下さい。オレのせいで二人が仲違《なかたが》いして撮影が進まないみたいなことになったら、耐えられないっすよ」

不安げに細る声を聞き、佑馬の頭から熱が引いた。樹はふてくされた表情でテーブルに肘をつき、山田に向かって尋ねる。

「君、一人暮らし?」

「え? そうっすけど……」

「ふーん」

樹が枝豆を口に放り込んだ。そして横目で佑馬を見やって言葉を続ける。

「じゃあ、今夜泊めて」

※

リビングの電気をつけ、部屋の隅のアクアリウムが視界に入った途端、強烈な疲労が佑馬の両肩に襲いかかってきた。

このままベッドに直行すれば気持ちよく眠れそうだ。とはいえ、そんなことはできない。明日の目覚めと仕事に差し支えそうだし、何より、自分を待ってくれていた魚たちに餌をやらなくてはならない。

「ただいま」

水槽に声をかける。数匹の魚が佑馬の方を向いた。フレーク状の餌の入った筒を振り、中身をパラパラと水面に撒《ま》いて、魚たちがそれを食べる姿をしばらく眺める。

魚たちのケアの後は、自分のケアだ。風呂場で給湯を開始し、寝室で寝間着のスウェットに着替える。風呂に湯が溜《た》まるまでの時間をどうしようか考えて、買ったきり読んでいないBL本に手を出すことにした。本棚から本を取り出し、ベッドに寝転がってパラパラとめくる。

妻を亡くし一人で子どもを育てる男と、その男に惚《ほ》れて生活を支える男の物語。子育てBLと呼ばれるジャンルの作品だ。佑馬は茅野がBLを読むと言っていたことを思い出し、あの人はこのジャンルを好まないだろうなと考える。特にこの作品は亡き妻があまりにも舞台装置だ。「産む機械」と言われても反論できない。

だけど佑馬は、この手の作品を好んで読んでいる。その根底にあるものが憧れであることも理解している。憧れは憧れのまま、きっとこの手に収まることはないのだろうということも。

——私は要らないの。

片桐が「子どもは要らない」と言い切ったことを、佑馬は意外に思わなかった。具体的な話をしたわけではないが、片桐が「家族」という単位を忌諱《きき》するタイプなことぐらいは長年のつき合いで想像がつく。だけど同時に、こうも思った。

でも、作る選択肢があるのはいいですよね。

僕は欲しいんですよ。すごく欲しいんです。でも今の日本では里親になることすら容易《たやす》いことじゃない。だからそこで自分たちで産むという選択肢を取れるのは、本当に羨ましいです。僕だってできるならそうしたい。

あの場であの感情を口にしていたら、片桐はどうしただろう。もしかしたら取り返しがつかないほどに揉《も》めたかもしれない。出産に関しては局所的に逆転しているだけで、ゲイとレズビアンなら基本的には女性差別を受けないゲイの方が生きやすい。そして片桐はそういう差に注目し、どうにかしようとする団体の代表者だ。

集中できず、佑馬は本を閉じてベッド脇のサイドテーブルに置いた。そしてスマホを手に取り、いつの間にかＬＩＮＥに届いていた新着メッセージを読む。送り主は、母。

『お盆は予定通りでいいの？』

樹と共に帰省し、その様子をドキュメンタリーの一部として撮影される。半月後に迫っている予定を考え、本当に予定通りでいいのだろうかと自問自答する。家に泊めろと迫られた山田は「オレんち、めっちゃ狭いっすよ」と難色を示していた。それでも樹は外泊を選んだ。佑馬と同じ夜を過ごしたくない、その一心で。

このザマで、樹を実家に連れていけるのだろうか。それ以前に、そもそも樹はこの家に帰ってくるのだろうか。今夜、樹が山田に自分たちがとっくに仲違いしていることを暴露したら、その後のドキュメンタリーはどうなるのだろう。茅野や山田も巻き込んで嘘をつき続けることになるか。あるいは全てご破算になるか。

ピー。

電子音が、風呂の給湯完了を告げる。佑馬は母に『いいよ』と返信を打ち、着替えとバスタオルを取るためベッドから下りた。

四十七日目

「驚かなかったと言ったら、嘘《うそ》になりますね」

豊かな白髪をたくわえた老年の男性が、背の低い漆塗りテーブルの向こうからカメラを見つめる。男性の隣には、姿勢よく正座をする同年代の女性。女性は男性と違って白髪染めをしているのか、肩まで伸びた髪の色は艶《あで》やかな黒だ。

「好きな女の子のタイプを聞いたこともありますし、想像もしていませんでした。だから二十歳の誕生日に、告白したいことがあると言われた時は困惑しました。それこそ女性関係で何かやらかしたのかと。実際はカミングアウトだったので、むしろ安心したわけですが」

男性が気恥ずかしそうに笑った。女性インタビュアーの声が届く。

——抵抗感のようなものは、全くなかったのですか？

「はい」

——お母さんも？

「もちろん。ただ私はあの子が何を告白するのか、勘づいていましたけど」

男性が驚きに目を見開いた。声を軽く上ずらせて女性に声をかける。

「すごいな。俺は全然気づかなかったぞ」

「私は、お父さんの十倍は子育てしてきていますから」

男性が肩をすくめた。インタビュアーが長い言葉を女性に投げかける。

――佑馬さんから、カミングアウトの時のお母さんの言葉が嬉《うれ》しかったと聞いています。「嘘をついてごめんなさい」という謝罪に「嘘をつかせてごめんなさい」と謝り返してくれたと。

「それは、あの子にカミングアウトされたら言おうと思っていた言葉なんです。あなたがそうであることも、そうであると言わなかったことも、何一つとしてあなたの問題ではない。それだけはどうしても伝えたくて」

女性が微笑《ほほえ》んだ。少し間を置いて、インタビュアーが話題を変える。

――長谷川さんを家に連れて来た時は、率直にどう思いましたか？

「そうですねえ……もっと大人しい子が好みだと思っていたので、意外だったというのが一番でしょうか。お父さんはどうでした？」

いきなり話を振られ、男性が「俺？」と間の抜けた反応を返した。

「まあ確かに、茶髪は意外だったな。話してみたら普通の子だったが」

「そうね。そういう見た目と中身が違うところを好きになったのかも」

「あの見た目で料理が上手《うま》いのは面白いよな。余りもので作ってくれた酒のつまみが美味《うま》くて感動したよ。酒飲みのツボを抑えた、いい味つけだった」

男性がしみじみと呟《つぶや》く横で、女性が小さく笑った。男性が不思議そうに尋ねる。

「どうした？」

「息子の嫁の料理を品評する舅《しゅうと》みたいだと思ったら、おかしくなっちゃって」

「みたいも何も、そのものだろう。いや、嫁じゃなくて旦那か？」

「どうでしょうね。もしかしたら、そういう呼び方にこだわること自体があの子たちにとっては無意味なのかも」

仲睦《むつ》まじげに言葉を交わす。やがて撮影中なのを思い出したのか、二人が話をやめてカメラの方を向いた。しばらく黙っていたインタビュアーが口を開く。

——お二人とも、長谷川さんを自然と受け入れていらっしゃるんですね。

二人まとめてかけられた言葉を聞き、女性が男性に湿っぽい視線を送った。あなたが答えなさい。無言の指令を受けて、男性が語り出す。

「そうですね。私たちとしても考えることはありますし、自然にできているかは分かりませんが——」

慈愛に満ちた笑みを浮かべ、男性が続く言葉をはっきりと言い切った。

「私たち夫婦は義理の両親として、息子の恋人である長谷川くんのことを、もう一人の息子として受け入れたいと思っています」

❊

春日の実家は、北関東の地方都市にあった。

家に着いた志穂はその大きさに驚いた。春日の両親の車と志穂たちの社有車を停《と》められるガレージに、バーベキューどころかテントを張ってキャンプもできそうな庭。今は春日の両親しか住んでいないそうだが、昔は春日と春日の弟、そして亡くなった父方の祖父母も同居していたらしく、その名残が各所のサイズ感に垣間見《かいまみ》える。

「すごい家っすね」

格子状の門扉越しに家を撮りながら、山田が感嘆に満ちた呟きを漏らした。長谷川が山田に茶々を入れる。

「山ちゃんの部屋の百倍ぐらいありそうだよな」

「百倍はないっすよ。オレの部屋どんだけ狭いんすか」

「足の踏み場なかったじゃん」

「それは汚いだけっす」

山ちゃん。何度聞いても複雑な気分になる呼び方だ。親睦を深めるのは悪いことではない。だが深めた経緯があまりにもお粗末で、一歩間違えていたらどうなっていたかと考えるだけでヒヤリとする。

一緒に飲むのは、まあいい。だが酒の場で二人をギクシャクさせ、それをその場で収められず、長谷川を自宅に泊めるのは論外だ。外泊は一泊で終わってどうにか元の形に収まったようだが、下手したら撮影が終わっていた。山田に活躍の機会を与えたいという社長の意図に反し、前には出せないという思いがより一層強まる。

「じゃあ、呼びますよ」

春日が門柱のインターホンを押した。ピンポーンと軽い音が響き、しばらく経《た》ってから門扉の向こうで家の玄関のドアが開く。

黒い塊が、玄関から勢いよく飛び出してきた。

塊が門扉にぶつかり、ガシャンと音を立てた。スイス原産の大型犬、バーニーズ・マウンテン・ドッグ。名前はハル。春日から話には聞いていたが、いざ目の当たりにすると思っていたよりも大きくて迫力がある。

前足を門に乗せる犬の後ろから、春日の両親がゆっくりと歩み寄ってきた。門越しに犬を撫《な》でる春日に父親が声をかける。

「元気だったか？」

「うん。そっちこそどうなの」

「別に何ともないぞ」

「嘘おっしゃい。肝臓の数値が悪いからお酒を控えるようにお医者さんから言われたばかりでしょう」

母親が口を挟む。父親が視線を泳がせ、逃げるように長谷川に声をかけた。

「樹くんも元気だったか？」

「まあ、ぼちぼちって感じです」

「そうか。とりあえず暑いだろうし、中に入ってくれ」

父親が犬を抱え込みながら門扉を開いた。まずは春日たちが敷地に入り、その後に志穂と山田が続く。全員が敷地内に入り、父親が門扉を閉じて犬を放すと、犬がちぎれそうな勢いで尻尾を振りながら志穂に突進してきた。

「わっ！」

大きな身体に寄りかかられ、志穂はバランスを崩して転びかけた。門扉から父親が駆け寄り、また犬を抱え込んで動きを抑える。

「すみません」

「いえ。人懐っこくて、かわいい子ですね」

「番犬としては役に立ちませんがね」

父親に頭を撫でられ、犬がうっとりと目を閉じた。興奮を落ち着かせ、尻尾の動きが止まったのを見て犬を放す。放された犬は再び志穂に飛びかかることなく、母親がドアを開けている玄関に向かってしずしずと歩いていった。

「あなたが茅野さんですか？」

「はい。映像制作会社『ライジング・サン』の茅野志穂です。本日は色々と撮影させて頂きますので、よろしくお願いします」

「よろしくお願いします。具体的には何をお撮りになるつもりなのですか？」

「お父さん。そういう話は中でやってちょうだい」

母親からクレームが届き、父親が首をすくめて玄関に向かった。自由な夫と手綱を握る妻。事前に春日から聞いている「うちは母の方が強いので、機嫌を取るなら母を優先した方がいいですよ」という忠告は、どうやら正しそうだ。

まずは祖父母の仏壇に線香を供える春日たちを撮る。そして家の中を軽く撮ってから、両親のインタビュー撮影に移行することにした。春日と長谷川に席を外してもらい、和室の漆塗りテーブルを挟んで両親と向き合う。

春日の両親は、絵に描いたようないい人たちだった。

同性愛者だとオープンにしている知人はいない。同性愛に寛容な地域や時代に生まれついたわけでもない。それでも我が子がそうだと分かれば受け入れるし、恋人もフラットな目で見ることができる。春日の実直な性格のルーツが分かった。この両親の下で思春期を過ごしたならば、曲がる方が難しい。

「――では、ご両親へのインタビューはこれで終了にしたいと思います。お付き合い頂き、ありがとうございました」

インタビューが終わった。それから少し雑談を交わし、母親が夕食の準備をしに和室を離れる。父親が立ち上がり、正座する志穂を見下ろして尋ねた。

「これから私は犬の散歩に出ますが、茅野さんたちはどうなされますか？」

「そうですね……散歩には佑馬さんたちも同行されますか？」

「呼べば来ると思います」

「では、そうしてもらえますか。その光景を撮りたいです」

「分かりました」

父親が和室から出ていき、すぐに春日と長谷川を連れて戻ってきた。撮影用のワイヤレスマイクを春日のカッターシャツの胸ポケットにつけ、犬のリードの持ち手を春日に預けて外に出る。閑静な住宅街を歩きながら言葉を交わすのは、主に春日と長谷川の恋人ペアではなく、春日と父親の親子ペアだった。

「お前がリードを握っていると、ハルも大人しいな」

「父さんだと違うの？」

「あっちこっち引っ張ってくるよ。日に日に散歩がきつくなる」

「それは単純に父さんの体力が落ちてるんじゃない？」

親子が仲睦まじく話す一方、長谷川は一向に会話に参加しない。少し離れた場所から山田と共に三人を撮っている志穂がやきもきしていると、いきなり長谷川が振り返り、そのまま志穂たちの下に歩み寄ってきた。散歩する三人と撮影する二人という構図が崩れてしまい、志穂は戸惑いながら尋ねる。

「どうしました？」

「親子で話してるから、邪魔しない方がいいかと思って」

「大丈夫ですよ。春日さんのご両親は長谷川さんのことを、もう一人の息子として迎えたいと言っていたぐらいなんですから」

「もう一人の息子ねえ」

長谷川がデニムのポケットに手を突っ込んだ。そしてうっすらと雲の張った青空を見上げ、念仏を唱えるように独りごちる。

「デカい家、デカい犬、優しい親」長谷川のまぶたが、ほんの少し下がった。「違うんだよなあ」

意味深な言葉。志穂はすぐに問いを投げる。

「違う、とは？」

長谷川が天を仰ぐのをやめた。そして質問をした志穂でなく山田の方を向き、またしても意味深な言葉を言い放つ。

「山ちゃんなら、分かるでしょ」

長谷川が春日たちのところに戻った。あっちよりこっちの方が面倒だと思われたのだろう。腑《ふ》に落ちないものを感じながら、とりあえず山田に話を振る。

「山田くん。今のどういうこと？」

「……推測でいいっすか？」

「いい」

「要するに、長谷川さんは春日さんの実家みたいな雰囲気に馴染《なじ》めないタイプの人間なんすよ。揃《そろ》いすぎてるっていうか、恵まれすぎてるっていうか」

山田が志穂から目を逸《そ》らした。言いにくいことを言おうとする素振り。

「前に志穂さんが長谷川さんに大学の話をして、長谷川さんが大学行ってなくて気まずくなったことあったじゃないっすか。あれっすよ。普通は大学に行くと思ってる志穂さんと、大学に行ってない長谷川さんは世界観が違うんす。それと同じことが、春日さんの実家と長谷川さんの間で起こってるんじゃないっすかね」

「だから、大学に行ってない山田くんなら分かるって言ったの？」

「たぶん。オレもぶっちゃけ、春日さんちに似たような印象あるんで……」

山田が口ごもった。世界観が違う。その表現が胸に刺さり、志穂は物思いに耽《ふけ》る。同じゲイでも共有できないものがある。同じ女でも共有できないものがあるように。

目の前で泣いた尚美に、志穂はメンタルクリニックへの通院を勧めた。

尚美は「行く」と答えた。しかし「行った」という報告はなく、「行きました？」と尋ねてもいない。触れるのを恐れ、見ないふりをしたまま、今日に至っている。

人の数だけ世界観がある。それは部分的に重なることはあっても、完全に一致することはない。春日と長谷川の世界観が、志穂と尚美の世界観が違うように、大なり小なりズレが生じる。

ならこのドキュメンタリーは、どういう世界観で撮ればいいのだろう。

前を見やる。仲睦まじく話し込む春日親子と、二人から少し離れて歩く長谷川の背中が目に入る。

どこかの家で夕食を作っているのか、香ばしくて懐かしいカレーの匂いが漂ってきた。

⁂

犬の散歩は、一時間ほど続いた。

結局、散歩中に長谷川が自分から発言することは一度もなかった。ただ春日親子から話を振られた時は普通に受け答えをしていたので、それなりに素材は集まった。交流に乗り気でない長谷川のアンニュイな表情は、日の傾きかけた片田舎の街並みに似合っていて、皮肉にも画としては良いものが撮れた。

散歩から帰った後は、夕食の準備をする母親を撮った。母親は志穂と山田の分の食事も準備してくれていた。ついでに撮影を交代しながら食卓を一緒に囲まないかと誘われたが、さすがにそれは映像が不自然になるので断った。

「こういう風に大人数の料理を作っていると、懐かしくなるの」

フライパンで大量の豚肉を炒《いた》めながら、母親が嬉しそうに笑う。

「もう何年も私とお父さんの料理しか作ってないから、たまにこういう機会があると張り切って作りすぎちゃうのよね。それでだいたい余るんだけど、去年のお盆は樹くんが来て、無理して全部食べてくれた。そういう気が利く子なのよ、あの子」

「長谷川さんが大食漢なわけではないんですか？」

「佑馬が樹くんに『今日はすごい食べるな』って言ってたの。あの子は私の料理が美味《おい》しいからたくさん食べているみたいな意味で言ったんでしょうけど、私はそうじゃないと思った。そう言われた時の樹くん、困ってたから」

母親の表情がわずかに翳《かげ》った。肉を炒める菜箸の動きも鈍くなる。

「出されたものはきちんと食べるって、お客様の発想よね。恋人の実家なんてそんなものでしょうけど、今日は二回目なんだからリラックスして欲しいわ」

話を聞きながら、難しいだろうなと志穂は思う。無理して食事を平らげるぐらいなのだから、好きか嫌いかなら「嫌い」ではないのだろう。だけど「違う」のだ。その違和感をなくすのはきっと、嫌いを好きに変えるより難しい。

不意に、背中をトントンとつつかれた。

振り返ると、カメラを構える山田の傍《そば》に春日が立っていた。呼んだのは山田だが話があるのは春日のようだ。志穂が映像に音が入らないよう無言でキッチンから離れると春日も無言でついてきて、廊下に出たところで話が始まる。

「すみません、撮影を邪魔してしまって」

「いえ。何でしょう」

「相談があるんです。僕の会社の撮影に来た時、今は化粧品会社の広告コンペが一番大きな案件だって話を聞いたこと、覚えてますか？」

「覚えています。お昼に久保田さんが仰《おっしゃ》っていた話ですよね」

「もし僕がそのコンペに勝ったら、ドキュメンタリーの中にその化粧品会社の取材を組み込んで頂きたいのですが、それは可能ですか？」

思いも寄らない話に、志穂の反応が遅れた。その隙に、したしたとフローリング床と爪がぶつかる足音を立てながら、犬が志穂たちのもとに駆け寄ってくる。春日は目を輝かせてかまわれるのを待っている犬を無視し、説明を続けた。

「さっき久保田さんから電話があって、茅野さんたちが取材してくれるならコンペで有利になると先方が匂わせてきたらしいんです。返事は保留にしているのですが……どうでしょう？」

「撮影した映像を必ず使用するという確約はできませんが、取材を行うこと自体は問題ありません。ただ……春日さんはいいんですか？」

志穂はドキュメンタリーの素材が増えて、春日はコンペに勝ちやすくなる。お互いに得しかない提案なのに、春日は浮かない表情をしていた。その理由が、志穂には何となく読める。

「気にしてませんよ。仕事は『使えるものは使え』の精神でやってますから」

――嘘だ。本当に気にしていないならその答えは出てこない。本当は勝ち方にこだわりたいからこそ、勝ち方にこだわらないという返事が口をついて飛び出した。

化粧品会社の狙いは「セクシャル・マイノリティのデザインした広告」という箔付《はく》けと、テレビを用いた宣伝だろう。つまり撮影を前提にコンペを勝ち抜いた場合、評価されたのは春日の仕事ではなく属性ということになる。

何度も似たような経験をした志穂には、その悔しさが理解できる。若い女が撮ったというだけで映像を評価しない人間も評価する人間も等しく腹が立つ。クライアントから志穂の写真を使って「この人が撮りました」というアピールをしても良いかと聞かれた時は、野菜農家じゃねえぞという罵倒が歯の裏まで出かかった。

同じ世界観。違う世界観。重なる部分と、重ならない部分。

「それじゃあ、久保田さんに許可とれたって連絡してきます」

春日がくるりと踵《きびす》を返した。志穂はその背中に声をかける。

「あの」

春日が立ち止まり、首を回して志穂の方を見やった。ありのままを撮るべき自分がどこまで踏み込んで良いのか。考えながら告げる。

「どのデザインを採用するか悩むレベルに達しているからこそ、差別化要因として上がった話でしょうから、そこは自信を持っていいと思います」

偉そうな物言いになってしまった。足元で待機していた犬が、もう我慢できないとばかりに春日に飛びつく。春日がしゃがんで犬を撫でながら、志穂を見上げて照れくさそうにはにかんだ。

「ありがとうございます」

⁂

まあ、こんなものだろうとは思っていた。

和室で開かれた会食の場で黙々と食事を進める樹を見て、佑馬は諦観を強める。去年も樹は春日家にあまり馴染めていなかった。それが撮影に合わせていきなり親密になれるわけがない。来てくれただけ良かったと思うべきだろう。

山田の家に外泊した樹は、翌日にふらっと帰ってきた。電話もメールもＬＩＮＥも反応がなく、途方に暮れながら仕事から帰宅したら、いつも通り夕食を作って待っていた。一日中悩んでいた身としては本当に腹が立ったが、ここで怒ったらおしまいだと我慢し、それで元通りだ。まるで何事もなかったかのように、一人と一人が二人にならないまま同居する生活に戻った。

味噌汁《みそしる》を飲みながら、会食を撮影する茅野と山田を見やる。一晩で「山ちゃん」と呼ばれるほど樹と仲を深めた山田は、現状をどこまで知っているのだろう。樹は世間話しかしていないと言っていたが、どうにも落ち着かない。

「樹くん」テーブルの向こうから、父が佑馬の隣の樹に話しかけてきた。「佑馬からバーでコックをしていると聞いたけれど、仕事は順調なのか？」

味噌汁を吐き出しそうになった。そうだ。インタビュー動画が有名になり、樹がバー勤務を始めた頃に電話で話をして、そこから情報を更新していない。

「あー……それは辞めました」

「そうなのか。じゃあ、今は何を？」

「特に何もしていません」

「なるほど。専業主夫ということか」

「ただの無職ですよ。そんないいものじゃないです」

「そんなことはないさ。樹くんが佑馬と結婚していないのは、ただ制度がないからだろう。世間がどう言おうと専業主夫で間違いない」

父が佑馬に顔を向けた。老いて乾いた唇の端が吊《つ》り上《あ》がる。

「佑馬。しっかり働けよ。それが男の甲斐性《かいしょう》だぞ」

「お父さん、樹くんも男の子よ」

「ん？　そうか。そうだな。まあ、何だ。とにかく上手くやってくれ」

グダグダな流れで会話がメられる。樹は特に何も答えず、テーブルの上の刺身に箸を伸ばした。何を考えているのか。何を思っているのか。その心理を読み解こうと横顔を凝視するが、いつも通りの仏頂面で何も分からない。

会食の後は、お盆の迎え火を焚《た》くため庭に向かった。父が庭に続くガラス戸を開けるなり、ハルがどこかから颯爽《さっそう》と現れて外に飛び出す。縁側の左端に座った樹の隣に腰かけ、庭を駆け回るハルとおがらで井桁を組む父を眺めていると、茅野が山田の構えているカメラに映らないよう背後から声をかけてきた。

「迎え火はずっと焚かれているんですか？」

「そうですね。僕が子どもの頃からずっと焚いています」

「風習を大事にするご家庭なんですね」

「弟は帰省すらしていないわけですし、そうでもないですよ」

父が井桁の中央に新聞紙を入れ、ライターで火をつけた。灰色の煙が都会よりずっと星の多い夜空に吸い込まれていく。あの世からやってくる先祖への道標を見つめながら、縁側の右端に座っている母とその隣の父が会話を始めた。

「お義父《とう》さんとお義母《かあ》さんが生きていたら、樹くんを見て何て言ったかしら」

「どうだろう。二人とも佑馬のことを知る前に逝ったからなあ」

「あまりうるさいことを言う人たちじゃないとは思うけれど」

「そうだな。それは俺もそう思う」

父が首を縦に振った。そして遠い目で天を仰ぎ、寂しそうに呟く。

「生きているうちに、見せたかったたな」

井桁がカランと音を立てて崩れた。鎮火の気配。母が佑馬に声をかける。

「ねえ、佑馬。おじいちゃんとおばあちゃんに見せてあげない？」

母が左手で父の右手を握り、佑馬に見せつけるように持ち上げた。

「こうやって、僕たち付き合ってますって」

父が気恥ずかしそうに顎を引く。佑馬は自分の左に座る樹を見やった。そして縁側に置かれた右手の上に、自分の左手を重ねる。

汗ばんだ肌を通して、樹の体温が伝わってきた。心音が早まり、肌を重ねる行為が久しぶりだったことに思い至る。同じ部屋に住み、寝食を共にしていたのに、長いこと手と手を触れ合わせることすらなかった。

左手で樹の右手を絡めとって立ち上がる。樹はその動きに逆らわず、佑馬の隣に立った。そのまま佑馬が繋《つな》いだ手を持ち上げても、押すも引くもなく、されるがまま右手を高く上げてくれる。

月と星の灯《あか》りが、繋いだ手をぼんやりと照らす。先祖に、あの世に、世界に見せつける。自分がそうであることを。自分たちがそうであることを。

「――もういいっしょ」

樹が右手を引いた。絡まっていた指がほどけ、体温が遠くなる。振り返ると縁側の両親は手を繋いだまま、佑馬たちを眺めて幸せそうに笑っていた。

＊

撮影を終えた茅野たちが帰った後は、母を除く男三人で酒を飲み交わした。

去年と同じように、樹がキャベツのごま醬油和《じょうゆあ》えや大根と厚揚げの煮物などのつまみを作った。

樹はやはりあまり喋《しゃべ》らなかったが、父はそれでも十分に楽しそうにしていた。飲み会は父が母から「お医者さんの言葉を忘れたの？」と勧告を受けるまで続き、終わる頃には夜もすっかり遅くなっていた。

風呂に入り、寝間着に着替えて自分の部屋に向かう。部屋に入ると同じく寝間着に着替えた樹が、床に敷いた布団に寝転がり、佑馬が高校生の頃に買った漫画本を読んでいた。佑馬はベッドの縁に腰かけ、樹の後頭部に声をかける。

「そろそろ寝るぞ」

「これ終わるまで待って」

漫画を読みながら返される。仕方なく佑馬は、意味なく部屋を見渡しながら時が過ぎるのを待った。壁に貼り付けてある読書感想文の賞状に、学習机のラックに収まっている大学入試の参考書。大学生になって一人暮らしを始めてから、この部屋は時間が凍っている。この先、解凍されることはあるのだろうか。あるとして、その時はどういう理由で戻ってくることになるのだろうか。

樹が漫画を本棚に戻し、布団に潜り込んだ。佑馬も電気を消してベッドの上で布団をかぶる。まぶたを閉じ、ゆっくりと意識を溶かそうと試みるが、樹に話しかけられて溶けかけていた意識が再び固まった。

「なあ。お前の親って、いい人だよな」

「そうだな」

「俺をもう一人の息子だと思ってるとか、死んだじいちゃんばあちゃんに俺を見せたかったとか、あの年でそういうことが言えるのはすごいよ。カメラ回ってるからサービスしてるところもあるとは思うけど、無理してる感じはないもんな。世の中を見渡しても、なかなかいない人たちだと思う」

――何が言いたいのだろう。いやに饒舌《じょうぜつ》な樹を不審に思い、佑馬は身体を起こして床を見やった。樹は仰向《あおむ》けになって天井を眺めており、佑馬を見てはいない。

「だから」一呼吸。「あまり騙《だま》したくないよな」

樹の顔が動いた。輪郭すら曖昧な暗闇の中、目と目が合ったことは分かる。

「お前さ、こんなの、いつまで続けるつもりなんだ？」

こんなの。曖昧な表現から「言わなくても分かるだろ」と諭す意思が伝わる。その通りだ。分かっている。

「撮影が終わったら『はい、さよなら』か？　それとも放送されるまでか？　放送された後はどうするんだ？　こんな素敵なカップルがいますみたいなドキュメンタリーを観《み》たお前の仲間に、実はもう別れたとか言えんのか？」

分かっている。分かっているから、黙ってくれ。

「別れなきゃいいだろ」

声が上滑りした。残響の空《むな》しさを整えるように言葉をつけ足す。

「別れなきゃ、何の問題もない」

唇を引き絞り、樹を見つめる。だが逆に樹は佑馬から顔を背けた。ごろりと身体を動かし、佑馬に背を向けて返事を寄越《よこ》す。

「俺は」芯の通った、明瞭な声。「死人は生き返らないと思う」

死人。強い単語が時の止まった部屋に響く。佑馬は何も答えず、布団にもぐり直して目をつむり、樹の寝息が聞こえてくるのを待った。

六十三日目

「一目見て、他のデザインと違うなと思いました」

スーツ姿の中年女性が、右手を机の上に置いた。机にはイエローリップを塗った女性モデルが自分を抱くように右手と左手を胸の前で交差させ、カラフルなマニキュアで仕立てた指を見せつけるポスターが置かれている。

「まず、このキャッチコピーですが」

女性がひとさし指を伸ばした。そしてポスター中央に記された「今日はどのわたしで行こう」という文言を示す。

「他のデザインは『もっと美しく』『もっと綺麗《きれい》に』と言ったように、美を追求するキャッチコピーが多かった。それは旧態依然としていて我が社の方針とは違うんです。私たちはメイクを『印象を良くするもの』ではなく『気分を高揚させるもの』と捉えています。その方針にこのキャッチコピーがぴったりとはまりました」

ひとさし指が動いた。指先がキャッチコピーを離れ、ライトグリーンのマニキュアが塗られているモデルの右の中指に移る。

「次に、このカラフルなネイルたちです。このような派手な色のネイル、普段の生活でなかなか見られるものではないですよね。だから本来ならば広告にも使いにくいですし、実際、他のデザインはこのような奇抜なカラーは控えめでした。より美しくなろうという価値観においては不自然ですから。ですが――」

指先が再び、キャッチコピーの上に戻った。

「ここでこのキャッチコピーが生きてきます。他人のためのメイクではなく自分のためのメイクならば、世間の価値観に従う必要はありません。だからどんなカラーでも違和感なく使えるんです。結果、シンプルに目を引く色を選びつつ、広告としてのまとまりも取れている良質なデザインに仕上がっています」

女性の指がポスターから離れた。インタビュアーが女性に話しかける。

――デザイナーがゲイの方と聞いた時はどう思いましたか？

「納得しました。ああ、そういうことかと」

返事と共に、女性が深く頷《うなず》いた。

「男性であることは名前から分かっていました。だからこのデザインを見て驚いたんです。女性を観察する側の男性が、どうしてこんな主体的な女性を描けるのかと。でもそれは彼のＬＧＢＴとしての感性だった。答え合わせが行われた気分です」

――異性愛者の男性にこのデザインは創れませんか？

「難しいでしょうね」

ついさっき縦に振られた女性の頭が、今度は横に大きく振られた。ボリューム感のあるミディアムヘアーがふわりと揺れる。

「大変な人生を歩んできたんだと思います。ですがマイノリティであることは、必ずしも不利なことばかりではない。人とは違う視点を持って生きることで、人とは違う魅力的な感性を手に入れることができる」

女性が小首を傾《かし》げ、カメラに向かって上品に微笑《ほほえ》んだ。

「このデザインによってそのような前向きなメッセージを発し、多様性に満ちた社会の形成に貢献できるならば、弊社としても嬉《うれ》しく思います」

※

「だって褒められたところ、ほとんど久保田さんのアイディアじゃないですか」

対面の春日が、テーブルに置いてあるハイボールのジョッキに手を伸ばした。そのまま中身を勢いよく喉に流し込み、愚痴を続ける。

「相手のためじゃなくて自分のためのメイクってコンセプトも、普通は使わないような派手な色使いも全部そう。異性愛者には創れないとか、ＬＧＢＴとしての感性が生きているとか、適当言うなって思いましたよ。ねえ？」

とろけた目で、春日が隣の久保田を見やった。久保田は困ったように答える。

「でも、仕上げたのはお前だろ。お前の感性が生きていないわけじゃない。茅野さんもそう思いますよね？」

「そうですね。映像制作でも同じコンセプトから同じ映像が出力されるわけではありません。春日さんのデザインが認められたと考えて良いと思います」

求められた通りの助け舟を出す。しかし春日は納得いかないように唇を尖《とが》らせ、再びハイボールに口をつけた。赤らんだ頰《ほお》とゆるんだネクタイの醸し出す隙の多い雰囲気が色っぽい。カメラを回していないことが惜しく思える。

会った時からずっと、今日の春日は気落ちしていた。少なくとも大口のコンペに勝利したデザイナーの姿ではなかった。同行者の久保田は春日がまるで世界を救ったかのように成果を褒《ほ》め称《たた》えたが、当の春日には少しも響いていなかった。

化粧品会社への取材を終えてもそれは変わらず、久保田は春日の気分を上向かせるため、志穂たちも含めて居酒屋で祝勝会を開くことを提案した。志穂は社有車で来ているので自分たちはノンアルコールで良いのならば、という条件で申し出に応えた。その結果が、これだ。最初は明るい話も出ていたが、春日のアルコール量が増えていくにつれて愚痴が多くなり、気がつけば立派な絡み酒になってしまった。

「トイレ行ってきます」

春日がふらふらと席を離れた。場の中心人物がいなくなり、にわかに沈黙が生まれる。金曜夜の勤め人たちの騒ぎ声があちこちから聞こえる中、久保田が困ったように笑った。

「恥ずかしいところを見せてしまって、申し訳ありません」

久保田が生ビールのジョッキを持ち上げ、軽く飲んでテーブルに置き直した。

「ゲイだから仕事が取れたって、そんなに嫌なものなんですかね」

久保田の声が、ほんの少し暗い響きを帯びた。

「海外ではクォーター制と言って、議員や役員の女性比率が一定以上になるよう決まりを定めたりしますよね。セクシャル・マイノリティの場合も彼らを属性で重用するのは良いことと捉えられる。それと同じようには考えられないのでしょうか」

志穂は答えに詰まった。春日の感情は理解できる。だけど今の社会が平等ではないことも、だから特別扱いで公平を目指す意味があることも同様に理解できる。

「特別視しろという要求と特別視するなという要求が、社会に混在しているように思えるんです。そういう事態に直面すると――戸惑います」

長めに溜《た》めた後、シンプルな結びで終わらせる。おそらく良くない言葉を引っ込めたのだろう。例えば「ワガママ」とか、そういった類《たぐい》のものを。

「……人によるのではないでしょうか」

お茶を濁す。久保田が志穂に何か言いかけたが、ちょうど春日が戻ってきて未遂に終わった。代わりに、よろけながらシートにどっかと腰かける春日に気を配る。

「大丈夫か？」

「大丈夫ですよ。明日休みだし」

返事とは裏腹に、ろれつが回っていない。かなり酔っているようだ。

「なんか、すみませんね。ほんとすみません」

いきなり春日が謝り始めた。そして困惑する久保田に、その真意を語る。

「俺が他を圧倒する即採用のデザインを出せていれば、こんなことになってないんですよね。俺がデザイナーとして半人前なのが悪い。ここからはそう切り替えて、しっかりやっていきます」

卑屈すぎる言い分に、志穂は唖然《あぜん》となった。久保田が語気を強める。

「じゃあ、あのデザインでいけると思って送り出した俺も半人前か」

春日の瞳が揺らいだ。久保田の右手が、春日の左肩に置かれる。

「確かに、今回はお前の属性が評価されたかもしれない。でもそれだってお前の一部だろ。お前はお前の力で仕事を取ったんだ」

久保田の右手が春日から離れた。そのまま親指を立て、どこか芝居がかったように自分を示す。

「そして俺はそんなお前が部下にいて、仕事を取ってきてくれて良かったと思っている。それで何か問題あるのか？」

ゲイであることも能力の一部。あまり言われたくない、だけど振り払えない励ましの言葉を耳にし、春日の顔に迷いが浮かんだ。ハイボールのジョッキを手にして口元に運び、その仕草で久保田から目線を外して答える。

「……ないです」

「だろ。じゃあ、頑張れ！」

久保田が春日の背中を叩《たた》いた。春日は赤くなった頰を強張《こわば》らせて黙る。ずっと無言で食事と雑用に徹していた山田が、春日のハイボールがなくなりかけているのに気づき、注文用のタブレットを手に「何か飲みますか？」と春日に尋ねた。

⁂

居酒屋を出る頃には、春日は足元が覚束《おぼつか》ないほどに酩酊《めいてい》していた。

家まで送った方がいいと判断し、志穂は久保田と別れた後、春日を車まで連れていって後部座席に乗せた。そして自分は助手席に乗らず、何かあっても対応できるよう春日の隣に座る。車が走り出してしばらく経《た》つと、少し酔いの醒《さ》めた春日が額を手で押さえ、か細い声で志穂に謝罪を告げた。

「迷惑かけて、すみません」

「気になさらないでください。飲まなきゃやってられない気持ちは分かります。私はたぶん、春日さんに考え方が近いので」

「僕もそう思います。それこそ樹よりもよほど近いですよね」

春日が目を細めた。物憂げな顔つきで唇を開き、熱っぽい息と声を吐き出す。

「人間扱いして欲しいんですよ」

すれ違う車のヘッドライトが、春日の顔に浮かぶ疲労を薄く照らした。

「春日佑馬という人間を、春日佑馬という人間として見て欲しい。本当にただそれだけなんです。それって、そんなに難しいことなんですかね」

――難しいことだ。果てしなく、とてつもなく難しい。

「分かりますよ。私も春日さんと同じように、女ではなく人間扱いして欲しいと思うことがしょっちゅうあります」

座席のシートから身体を起こす。背中に力を入れ、気道をまっすぐ整える。

「だからこそ私は、春日さんを人間として撮ったドキュメンタリーを使って、春日さんを人間扱いしない世界を少しでも変えられればと思っています」

春日を慰めるためというより、自分を鼓舞するために言い切る。春日がふっと鼻から息を吐いて小さく笑った。

「お願いします」

車が大きく揺れた。春日がシートに座り直して腕を組み、口と目を閉じて眠る体勢に入る。志穂はしばらく窓から夜景を眺め、やがて寝息が聞こえてきてから春日を見やった。うつらうつらと船を漕《こ》ぐ春日の姿に、無防備な幼子の愛嬌《あいきょう》と傷ついた戦士の哀愁を同時に見て、なぜだか無性に切なくなる。

春日の住むマンションが近づき、近くのコンビニの駐車場に車を停《と》める。そして眠る春日を起こそうとするが、すっかり酩酊していてなかなか目覚めない。どうにか起こして車から降りてもらったものの、すぐに足を大きくもつれさせて転びそうになったので、志穂と山田で部屋まで送ることにした。

山田が春日に肩を貸し、志穂がエレベーターの操作などを受け持って、春日を部屋の前まで連れてくる。志穂が玄関ドアのノブを回して手前に引くと、ドアはあっさりと開いた。中にいるはずの長谷川を意識して、声をかけながら部屋に上がる。

「お邪魔します」

廊下を歩いてリビングに足を踏み入れると、照明とテレビがつけっぱなしになっていた。しかし長谷川はいない。志穂は軽くリビングを見渡し、ソファの傍《そば》に男物の服と下着が脱ぎ散らかされていることに気づいた。

——お風呂？

リビングから玄関に続くドアを見やる。バスルームがあるのは玄関とリビングを繋《つな》ぐ廊下の途中だが、さっき通った時に人がいる気配はなかった。そもそも仮に風呂に入るとして、服を脱ぐのはリビングではないだろう。

考え込む志穂をよそに、山田が春日を連れて寝室に入っていった。リビングと繋がった寝室。下着まで脱ぎ散らかされた衣服。二つのピースが志穂の頭の中でピタリとはまる。そう、これはまるで――

リビングで盛り上がり、ベッドに場所を移したカップルのような――

「うわあ！」

寝室から、山田の叫び声が聞こえた。志穂は思考を止め、慌てて自分も寝室に向かう。開きっぱなしのドアを抜けて、照明の点《つ》けられた寝室に飛び込み、呆然《ぼうぜん》と立ちすくむ山田と春日の視線の先に目をやる。

ベッドの上に、裸の男性が二人。

二人とも仰向《あおむ》けになり、気持ちよさそうに眠っている。一人は、知らない。飾り気のない短髪と若々しい顔立ちが特徴的な、十代後半か二十代前半ぐらいの青年。そしてもう一人は、知っている。ライオンのたてがみのような薄茶色の髪と、野性的な雰囲気を強調する整えられた顎鬚《あごひげ》。長谷川樹。間違いなく、その人だ。

「……ん」

長谷川が動いた。寝転がったまま首を曲げ、まぶたを開いて志穂たちの方に寝ぼけ眼を向ける。そしてそのまま身体を起こし、筋肉質な上半身を見せつけるように大きく伸びをしてから、平然と呟《つぶや》いた。

「早かったじゃん」

春日が山田の肩から崩れ落ち、床に両手をついて嘔吐《おうと》した。吐しゃ物の酸っぱい臭いが部屋に満ちる。リビングで点けっぱなしになっているテレビのバラエティ番組から、場違いで盛大な笑い声が寝室まで届いた。

※

「春日さん！」

頭の後ろで、茅野が甲高い声を上げた。そして這《は》いつくばる佑馬に近寄り、背中をさすり始める。吐くものを吐いてだいぶ明瞭になった佑馬の脳に、茅野が心配そうにかけてきた言葉がじわりと染み込んだ。

「大丈夫ですか？」

大丈夫です。そう答えようとするが、開いた唇から音が出てこない。大丈夫、大丈夫――

「お前が吐くまで飲むなんて、珍しいな」

感情のこもっていない、一本調子な言い方。佑馬は吐しゃ物のついた唇を拭い、ゆっくりと顔を上げた。ベッドから佑馬を見下ろす樹と視線がぶつかる。

「とりあえず服着たいから、出ていってくんない？　――山ちゃん」

「え、あ、なんすか？」

「こいつの服、リビングにあるから持ってきて」

樹が右の親指でベッドの奥を示した。佑馬は立ち上がり、樹の隣で縮こまっている坊主頭の青年を見やる。どこかで見たことがある。確か――

――本当に、尊敬してるんですよ。

「君、サークルの――」

「すみませんでした！」

青年が大声で謝罪を告げた。樹が佑馬たちに向かってしっしと手を払う。

「そういうのは後でいいだろ。いいからまず出てけって」

アルコールとは違う熱が、佑馬の頭をカッと温めた。両手を強く握りしめ、樹をにらみつけながら叫ぶ。

「ふざけるなよ！　当てつけみたいに男連れ込んで、何考えてんだよ！」

「別にいいだろ。俺ら、もうとっくに別れてるんだから」

花火が消えるように、滾《たぎ》っていた熱が一気に引いた。

振り返って茅野と山田を見やると、二人とも唖然とした顔つきで佑馬たちを眺めていた。今の樹の言葉に驚いたのか、あるいは単に事態についていけていないのか。佑馬が現状を測りかねているうちに、樹が茅野たちに向かって追撃を放つ。

「俺ら、最初からラブラブカップルなんかじゃないんですよ。そこのバカが後先考えずにドキュメンタリーの話なんか受けやがったから、仕方なくカップルのフリをしてたんです。でもそれも、今日でおしまい」

樹がベッドから床に下りた。陰茎まで剝《む》き出《だ》しの全裸を前にした茅野が、口元を手で押さえて身体を強張らせる。しかし樹は茅野の反応など気にすることなく、マイペースにタンスから新しい下着や服を取り出して身に着け始めた。

「今日まで、本当にキツくてさ」

誰に告げるわけでもなく、樹が着替えながら淡々と愚痴る。

「安請け合いしたのマジで後悔してたんだよな。カメラ回されて、見世物にされて、性に合わねぇわ。他人の生き様を玩具《おもちゃ》にすんなっての」

Tシャツとハーフパンツを身につけた樹が、大股で寝室から出ていこうとした。佑馬以外の全員が固まって動けない中、佑馬はその背中に刺々《とげとげ》しく声をかける。

「どこ行くんだよ」

寝室とリビングの境目で、樹が足を止めた。リビングのテレビの音声が、大きな肉体に遮られて小さくなる。ハーフパンツのポケットに手を突っ込み、樹がおもむろに振り返った。

「赤の他人が同じ家に住んでるのはおかしいから、出ていくんだよ」

切れ長の目を細め、樹が佑馬を見やった。焦点のぼけた眠そうな瞳。ただひたすらに面倒。そういう感情が伝わる。

「長谷川さん」

茅野が前に出た。そして両手を身体の前で合わせ、静かに頭を下げる。

「長谷川さんの気持ちを酌《く》み取《と》れず、不快な思いをさせてしまい申し訳ありませんでした。責任者として謝罪します」

茅野の頭が上がった。背筋を伸ばし、凛《りん》とした声を放つ。

「ですが春日さんも、考えなしにお話を受けたわけではないと思います。春日さんと長谷川さんのインタビューに大勢の人たちが希望を見て、春日さんはその希望を次に繋げようとしてくれたんです。だから、そんな――」

「あんたさ」

茅野の言葉を遮り、樹がポケットから右手を出した。そして伸ばしたひとさし指を寝室の壁際に置いてある本棚に向ける。

「あそこの本、あんたも読んでるんだろ」

樹の示す先には、佑馬のBL本が並んでいた。

「俺らのインタビューなんて、あれと同じだろ。男同士がいちゃついてんのを見るのを好きなやつらが、男同士がいちゃついてるから持ち上げたんだよ。どっちが挿れる方とか挿れられる方とか騒いで、全く同じことを自分の好きなキャラクターにやらせたりしてさ。俺らがセックスするエロ小説を書いてるやつもいるんだぜ。何が希望を見ただよ。性欲を掻《か》き立《た》てられたの間違いだろ」

吐き捨てられた言葉に、茅野が顎を引いて怯《ひる》んだ。逆に樹は勢いを増す。

「あんた、『人のセックスを笑うな』って小説知ってる？」

「……知ってます」

「あのタイトル、本屋で同性愛の本を笑ってるやつらを見た時に思いついたんだと。まあ確かに、笑われるのはムカつくわな。でもさあ」

樹の唇が、嘲りに大きく歪《ゆが》んだ。

「『人のセックスに萌《も》えるな』も、あんま大差ないと思わねえ？」

問いかけに答えず、茅野が俯《うつむ》いて樹から視線を逸《そ》らした。樹はふんと鼻を鳴らし、佑馬たちに背を向けて吐き捨てる。

「冗談じゃねえよ」

バタン。ドアを勢いよく閉めて、樹が寝室から出ていく。床に広がる吐しゃ物の臭いが、ほんの少しだけ強くなった気がした。

※

樹がいなくなった後、山田が「とりあえず、これ片付けますか」と床を指さし、まずは寝室を掃除にすることにした。

トイレットペーパーで吐しゃ物を拭い取り、濡《ぬ》れティッシュと雑巾でフローリングの床を拭く。目の前の現実から逃げるような行動が、結果的に現実と向き合う時間を作り、酔いもどんどんと醒めていった。おかげで掃除の後、樹と寝ていた青年とリビングで向き合った際は、かなり落ち着いて話を聞くことができた。

アプローチをかけたのは、青年からだったそうだ。

講演の打ち上げで一目惚《ひとめぼ》れし、連絡先を交換してやりとりをしていたらしい。しかし樹の返事は素っ気なく、ダメかと諦めかけていた。その矢先に、今日は佑馬が遅くまで帰ってこないからと誘われ、乗ってしまったというのが事の流れだった。

一通り話を聞いた後、佑馬は青年に今日は帰るよう促した。青年は佑馬が怒らないことを不思議がっていたが、佑馬目線では既に破局していたので「他人の恋人に手を出しやがって」という怒りは良くも悪くも湧いてこなかった。わざわざ逢引《あいびき》の場所に家を選び、事後を見せつけられたことへの怒りはあるが、そうしたのは樹の方だ。翻弄された側にぶつける感情ではない。

「本当に、本当に、すみませんでした」

最後まで謝罪の言葉を残し、青年が玄関から出ていった。さて、大事なのはここから。青年に対して自分は被害者でいられた。だけど茅野たちに対しては違う。樹と共犯になり、偽りのドキュメンタリーを撮らせようとした加害者だ。

玄関からリビングに戻る。食卓の椅子に横並びで座っている茅野と山田の対面に座り、話し合いの体勢を整える。言わなければならないことは山のようにある。だけどまずは――これだ。

「お見苦しいところをお見せしてしまい、申し訳ありませんでした」

深く頭を下げる。茅野が慌てて口を挟んだ。

「気にしないで下さい。どちらかというと、我々が無神経だったせいで……」

「違います。これは僕と樹のいざこざで、茅野さんたちは巻き込まれた側です」

きっぱりと断言する。山田が気まずそうに目線を逸らして呟いた。

「やっぱ、わざと見せつけたんすかね」

「分からない。ただ、そうなってもいいとは考えていたと思う。さすがに僕以外の人間が来るのは想定外だっただろうけど」

「……こじれてますねえ」

山田がため息をついた。茅野がおそるおそる口を開く。

「春日さんと長谷川さんが別れていらっしゃるというのは、本当なのでしょうか」

「……別れているは言いすぎかもしれませんが、概《おおむ》ね本当です」

「それは、私たちの撮影のせいで？」

「いいえ。茅野さんたちと顔合わせをした時には、既にその状態でした」

茅野と山田が目を見開いた。反対に佑馬は俯いてまぶたを少し下ろす。

「それどころか、片桐さんから話が来た時点でもう仲は険悪でした。なのに話を受けてしまったんです。その時は樹も、納得はしていなくても了承はしてくれました。だけど撮影が続くにつれて溝が深まり——このザマです」

自嘲気味に笑う。笑えるような事態ではない。だけどもう、笑うしかない。

「ドキュメンタリーは今後、どうなるんでしょうか」

一番気になっていることを尋ねる。茅野が腕を組み、考えながら語り出した。

「長谷川さんがいなければ撮影は続けられません。ただ、既に撮った映像を使って番組を作り上げることは可能だと思います」

「まだ40日近く残っているのに？」

「100日という期間設定はただのインパクト狙いですから、反故《ほご》にできます。春日さんと長谷川さんの同居生活を軸に、春日さんのご実家で迎え火に向かって繋いだ手を掲げる映像で〆れば、今あるもので綺麗な構成も組めるでしょう。とはいえ、もちろんそのような対応を取る場合でも、長谷川さんの同意は必須です」

「……ですよね」

肩を落とす。これから何をするにしても、やはり樹がいないと話にならない。

「春日さんから長谷川さんに連絡をするのは、やはり難しいでしょうか」

「僕はむしろ早く話をしたいぐらいですが……拒否されるでしょうね」

「仲介を頼めそうな、長谷川さんと仲の良い人に心当たりは？」

「思いつかないです。あいつ、家族とも絶縁状態なんで」

「あの」

山田が口を挟んできた。そして佑馬と茅野を見やり、不満そうに口を尖らせる。

「二人とも、おかしくないっすか」

言葉の意味を捉えきれず、佑馬は答えに窮した。同じく理解できていない茅野が、つっかかってきた山田につっかかり返す。

「何がおかしいの？」

「撮影とか番組とか、そんなのは後っすよ。実家の近くで超でかい地震が起こったとして、最初に心配するのは家のローンじゃないでしょ」

「……ごめん。もっと具体的に話して」

「だから――」

ブー。

どこかから、スマホの振動音が聞こえた。山田がデニムのポケットからスマホを取り出し、「すみません」と断って電話に出る。

「はい……はい……ええっ！」

こそこそと話していた山田が、いきなりリビングを揺るがすような大声を上げた。そしてバッと佑馬たちの方に向き直り、どこか放心した様子で電話に応対し続ける。

「はい……大丈夫です。とりあえず部屋に入れてください。はい……分かりました……はい……」

山田がスマホを耳から離した。佑馬と茅野を順々に見やり、言葉を探して戸惑っている山田に茅野が声をかける。

「誰からだったの？」

「……大家っす。オレの住んでるとこ、昔ながらのアパートって感じで、何かあるとけっこー気軽に大家が電話かけてくるんすよ」

「じゃあ、何かあったってこと？」

「はい。オレの知り合いだって言ってるやつが来てるけど、部屋に入れていいかって聞かれました」

事態を察し、茅野が黙った。山田が申し訳なさそうに口を開く。

「長谷川さん、オレんちにいるっぽいっす」

七十日目

下着姿の若い男が、床に敷かれた布団で眠っている。

画面の外から指が伸びてきて、無防備な寝顔の頬《ほお》を押した。男がいびきを止め、カメラに寝ぼけ眼を向ける。画面に映っていない別の男が、声をひそめて寝起きの男に語りかけた。

——おはよーございます。

寝起きの男が身体を起こした。軽く首を振って眠気を払い、撮影者に尋ねる。

「何してんすか」

——寝起きリポ。

「それ、オレのスマホじゃないっすか。返して下さいよ」

カメラに男の手が伸びた。しかし撮影者が大きく動いてその手を避ける。男が肩を落とし、はあと大きなため息をついた。

「昨日のこと、根に持ってるんすか？」

——持ってる。

「仕方ないじゃないっすか。今日がリミットなんすよ。オレだって説得に力入りますって。分かるでしょ？」

——分かるけど、俺、ガキだから。

「だからそれは謝りますから……もう……」

男がむくりと立ち上がった。そのまま部屋を出て洗面所に入る男の後ろを、カメラが撮影を続けながらついていく。やがて男が蛇口をひねり、水流が洗面台を叩《たた》くと同時に、撮影者がやたら熱の入った声を出した。

——おおっと山田、水を流した！

男が手を止め、不審そうにカメラを見やった。撮影者から反応はない。しかし男が洗面台に向き直り、蛇口の横に置いてあるコップから歯ブラシを抜くと、再び撮影者が実況を始めた。

——歯ブラシを手にした！　山田、朝は歯磨きからなのか⁉

右手の歯ブラシを水流にひたし、空いている左手でコップの傍《そば》の歯磨き粉チューブを持ち上げる。

——歯磨き粉！　王道のポリフェノール配合！

歯ブラシに歯磨き粉を出し、コップに水を汲《く》んで歯磨きを始める。

——山田、歯を磨く！　キャラに似合わず意外と丁寧！

歯磨き終了。蛇口から流れる水で歯ブラシの歯磨き粉を流しつつ、コップの水で口をゆすぐ。

——ガラガラペッ！　ガラガラペッ！

蛇口をひねって水を止める。そして右手に歯ブラシを持ったまま、カメラの方を向いて撮影者に声をかける。

「怒りますよ」

——なんで。

「なんでって、そんなふざけたことされたら誰だって怒るっすよ」

――ふざけてない。

「めちゃくちゃふざけてるじゃないっすか」

――ふざけてないだろ。山ちゃんは俺を撮ってる時ふざけてたのか？

男が身体を引いた。歯ブラシの頭がお辞儀をするように少し下がる。

――こっち側に立つと分かるな。これ、楽しいわ。謎に偉くなった気分。

撮影者の声は、怒りながら笑っているように、小刻みに震えていた。

――山ちゃんも少しは、撮られる側の気持ちを理解した方がいいんだよ。

⁂

山田の指が、背の低いガラステーブルに置かれたスマホをタップした。洗面所に立つ下着姿の山田を映して動画が止まる。『ライジング・サン』の応接室にある古びたエアコンの駆動音が、動画の音が消えて相対的に大きくなった。志穂は同じソファに隣り合って座っている山田の方を向き、眉をひそめて尋ねる。

「続きは？」

「オレがひげ剃《そ》って顔洗って着替えてるのを長谷川さんがひたすら実況するだけっすけど、オレのストリップショー見ます？」

志穂は首を横に振った。見たくないし、見る必要があるとも思えない。

「動画で言ってた『昨日のこと』っていうのは何？」

「いや、リミット今日までじゃないっすか。だから長谷川さんの説得すげー頑張ったんすよ。でも長谷川さん全然聞いてくれなくて、オレも熱くなって……」

「言い訳はいいから、なんて言ったの？」

「……ガキみたいなこと言わないで下さいよって、言いました」

志穂はソファに身を沈め、天井を仰いだ。無謀なミッションが予想通りに失敗しただけだが、だからといって失敗のマイナスがなくなるわけではない。心労が身体中を駆け巡り、全身がずしりと重たくなる。

一週間だけ、様子を見よう。

長谷川が山田の家に転がり込んだ顛末《てんまつ》を聞き、社長はそう提案した。一週間で長谷川の態度が軟化すれば、全てなかったことにして辻褄《つじつま》を合わせる。逆に一週間経《た》っても状況が変わらなければ、プロデューサーに現況を伝えて今後について検討する。要するに「一週間やるからその間になんとかしろ」というお達しだ。

志穂は提案を受け入れた。だが山田の話によると、長谷川は志穂と春日を強く拒否しているらしい。なので仕方なく山田に長谷川の説得を一任し、信頼を勝ち取るよう指示を出したのだが——

「山田くんは、いつかディレクターになりたいのよね？」

「……はい」

「イラついて撮影対象に暴言を吐く人間に、ディレクターが務まると思う？」

「でも、そん時だけなんすよ。普段は作ってもらったメシも褒めて……」

「ご飯作ってもらってる時点で何かおかしいと思いなさい」

ぴしゃりと撥《は》ねつけられ、山田が俯《うつむ》いた。志穂は正面に向き直り、ガラステーブルを挟んだ先でソファに座っている社長に声をかける。

「これが現状です。どうしましょう」

「どうしましょうって言われてもねえ……」

社長が腕を組み、どうしたものかと首をひねった。

「この仕事、浮いてるものを僕がコネで取ってきたやつで、プロデューサーさんの中では重要度高くないんだよね」

——分かっている。そうでなければ100日間という悠長な撮影期間は取れないし、そもそも案件が停滞して前任者が産休前に片付けられなくなることもない。ストック用の弾として持っておきたい。その程度の映像のはずだ。

「だから簡単に引き上げられちゃうと思うのね。こっちの問題だから納品できなかった時の費用請求も難しいだろうし、僕としてはあまりそうしたくない。でも難しそうだよねえ。もう打つ手はないのかな」

「ないわけではありません」

「何するの？」

「私が長谷川さんの説得に出向きます」

山田が驚いたように目を見張った。志穂は構わず話を進める。

「一週間というリミットがあり、その間はなるべく穏便に話を進めようと、長谷川さんから良く思われていない私は表に出ませんでした。ですがリミットを超えた今となっては、そのようなことを言っている場合ではありません」

「ちょっと待ってくださいよ、志穂さん」

山田が割って入ってきた。さすがに無視できず、志穂も横を向く。

「無理っすよ。志穂さんは超警戒されてるって言ったじゃないっすか」

「警戒されてない山田くんに任せてどうにもならなかったでしょ」

「それはそうっすけど、志穂さんはもっとダメなんすよ。これでもちょっとずつ心を開いてる感じはあるんで、もう少し待ってくれれば——」

「だからその待つ時間がないって言ってるの！　話聞いてた!?」

山田がビクリと両肩を上下させた。社長が呑気《のんき》な口調で仲裁に入る。

「まー、まー、志穂ちゃん。そういうのは良くないよ。山田くんだって、志穂ちゃんの足を引っ張りたいわけじゃないんだから」

へらへらと笑いながら、社長が自分の両手を両胸の上に当てた。

「せっかく便利なものついてるんだから、揉《も》んで落ち着いたら？」

——どうして。

どうしていつも、こいつらはこうなのだろう。いつでもどこでも誰でもこう。ただ性別が違うだけで人間を人間として見ない。癇癪《かんしゃく》を起こした子どもを大人があやすように、落ち着きを失くしたペットを人間が撫《な》でるように、感情の無効化と矮小化《わいしょう》ばかりを考えて向き合うことを徹底的に避ける。

志穂は社長から視線を外した。そのまま横を向いて、隣の山田の顔を覗く。

山田は口元を押さえ、含み笑いを浮かべていた。

「――つまんねえんだよ‼」

怒号を発して立ち上がりながら、志穂は目の前のガラステーブルを手のひらで思い切り叩いた。テーブルに置いてある山田のスマホがガタガタと揺れる。社長が目を剝《む》いて身体を引き、ソファからずり落ちそうになった。

「真面目に考えてるんだから、真面目に向き合え！　女だからって舐《な》めんな！」

「いや、志穂さん。社長はそういうつもりじゃ――」

「あんたも！」

怒鳴り声を受けた山田が、社長と同じように大きく背中を後ろに引いた。

「クソみたいなセクハラジョークを知らんぷりしたり、一緒になって笑ったり、そういうあんたも同罪なの！　分かってんの⁉」

「同罪って、オレは別に……」

「それが罪だとすら思ってなかった？」

山田が息を吞《の》んだ。志穂はだらりと両手を下げて呟《つぶや》く。

「でしょうね。知ってた」

社長と山田に背を向ける。そのまま応接室のドアに向かい、銀色のノブに手をかける。ドアが軋《きし》みながら開く音と、社長の呼びかけが同時に耳に届いた。

「志穂ちゃん」

「今日は早退します。お疲れ様でした」

早口で言い切り、応接室から出て玄関に向かう。玄関から外に出ると、薄灰色の雲で覆われた空から、しとしとと霧のような雨が降り注いでいた。秋雨じゃ、濡《ぬ》れて行こう。戯曲の台詞《せりふ》をもじった言葉が脳裏に浮かび、今の心情とあまりにマッチしていなくて苦笑いがこぼれる。

雨の中、最寄り駅に向かって歩く。ボトムスのポケットでスマホが震え、社長からの電話であることを確認し、通話を強制的に切った。そのまま立ちすくみ、ホーム画面に戻ったスマホのディスプレイを雨粒が埋め尽くしていくのを眺めながら、これからどうすればいいのだろうとぼんやり考える。

靄《もや》のかかった頭に、女性の泣き顔がふっと浮かんだ。

濡れたディスプレイをシャツの裾で拭き、冷えた指先を動かしてＬＩＮＥのアカウントにコールをかける。もしかしたら出てくれないかもしれない。そんな志穂の心配をよそに、相手はすぐにコールを取った。

「志穂ちゃん？」

優しい声。張りつめていた感情が、堰《せき》を切ったように溢《あふ》れ出《だ》した。

「尚美さん。私、ダメでした」

頬を濡らす水に、雨粒以外のものが混ざり始める。

「尚美さんの望み通り、失敗しました。今なら尚美さんを満足させられます」

何がいけなかったのだろう。何が悪かったのだろう。何が。何が。

「私、辞めます。だから尚美さんのポジションを取ることもありません。うちは慢性的に人手不足だから、社長も早く育休をやめて戻ってきてくれって言うかもしれませんね。それはそれで困るでしょうけど」

巨大なトラックが、志穂の立つ歩道の傍を駆け抜けていった。タイヤに撥《は》ね上げられた水しぶきが全身にかかる。——もう、いい。私はここで倒れる。一人死んでも一人生き返るなら、トータルではイーブンだ。

「志穂ちゃん」

凍えて固まる耳たぶを、スピーカーから届く振動がじんわりと揺らした。

「今から、うちに来られる？」

※

全身ずぶ濡れの志穂を見て、尚美はまずシャワーを浴びるよう促してきた。

言われるがまま、浴室に行ってシャワーを浴びる。温水の熱が皮膚から染み込んで初めて、志穂は自分が疲れていることに気がついた。身体を動かす気が起きず、しばらく棒立ちでシャワーに打たれ続ける。

浴室を出て、用意されたえんじ色のジャージに着替える。そのままリビングに向かうと、いつか社長や春日たちと囲んだローテーブルの上に、琥珀色《こはくいろ》の液体が満ちたティーカップが二つ置かれていた。前に来た時と同じルームワンピースを着て、片方のティーカップの前で足を崩している尚美が、志穂を見上げて微笑《ほほえ》む。

「ジャージのサイズ、大丈夫？」

「はい」

「良かった。それ、志穂ちゃんにあげる。もう全然入らないから」

尚美が自分の腹を撫でた。志穂は黙って尚美の向かいに座り、ティーカップの中身を口に運ぶ。琥珀色に輝く液体の正体は温かいレモンティーだった、ほんのりとした酸味が志穂の舌をやわらかく撫でる。

「荷物とか何も持ってなかったけど、どうやってここまで来たの？」

「……スマホがあればSuicaが使えるので」

「じゃあ、傘も買えばよかったのに」

尚美が自分のレモンティーに口をつけ、カップをソーサーに戻した。何かの合図みたいに、陶器のぶつかり合う音がキンと響く。

「何があったか、聞いてもいい？」

はい。そう答えようとして、返事が舌の付け根で止まった。どう話せばいいのだろう。起こった出来事を話すことはできる。だけどそれでは、足りない。

「──長谷川さんに、撮影から下りられました」

言葉を探す。自分の身に起こった出来事を語りきれる言葉を。

「あの二人、撮影前から関係が破綻していたらしいです。だけど偽りの恋人を演じて撮影を受けることにした。そういう話を先週、長谷川さんに暴露されました」

違う。これじゃない。これは私の出来事ではない。

「それからどうにもならなくて、今日、撮影の続行を検討する打ち合わせを社長と行いました。そこで私、熱くなっちゃって、そうしたら社長が『自分の胸でも揉んで落ち着け』みたいなこと言い出して、山田くんがその冗談で笑って……怒ってスタジオを飛び出した。そういう流れです」

これでもない。これはただの記録だ。メッセージになっていない。

「なるほどね」

テーブルの向こうから、尚美が軽く身を乗り出した。

「それで志穂ちゃんは今、何を考えているの？　社長と山田くんがムカつく？」

——違う。この胸を覆っている感情は、そんな拭けば消える埃《ほこり》のようなものではない。長い時を経て積もったヘドロのようなものだ。

「……自分が、嫌です」

自分の奥に手を伸ばす。どろどろと汚らしいそれを、捏《こ》ねて丸めて形にする。

「今考えていることは、自己嫌悪です。自分が嫌で仕方がない。だってイライラを人にぶつけて、人に泣きついて、人に慰められて……」

答えに辿《たど》り着《つ》いた志穂の頬に、涙がつうと伝った。

「めちゃくちゃ、『女』って感じじゃないですか」

茅野志穂という女は、「女」が嫌いなのだ。

誰よりも女に偏見を持っていて、自分が女であることに耐えられない。だから「そうじゃない」在り方にこだわる。女がやりそうなことや好きそうなものを避ける自分に酔い、尚美や片桐のような似た傾向を持つ人間を「そういう人もいる」ではなく「分かっている」と優劣をつけて評価する。

春日たちとこの家を訪れ、生活感を剝き出しにした尚美と対面した時の感情を、志穂ははっきりと覚えている。戸惑いだ。この人も「そう」なってしまった。そんなことを考えて失望した。だからこそ尚美自身が「そう」なったことが嫌だと泣いた時、何も言うことができなかった。

「癇癪起こして、暴れて、周りに宥《なだ》められてすっきりする男の人だって、世の中にはたくさんいると思うけど」

尚美が両手を腰の後ろにつき、天井のＬＥＤ照明を見上げた。

「でも、分かるよ。私も同じだから。家に引っ込んで、育児に追われて、他のことなんて何もできなくて……そういう自分があまりにも『女親』で嫌だった。そしてそのイライラを志穂ちゃんにぶつけた。ぶつけるなら、旦那なのにね」

上向きに放たれた声が、加速をつけて志穂の耳に落ちる。型にはまってしまうことが辛い。いかにもな人間になってしまうことが耐えられない。そんな心にへばりついた奢《おご》りが、ベリベリと音を立てて剝がれていく。

「長谷川さんのこと」話が変わった。「正直、意外じゃなかった。私が話した時も何か裏がありそうだったから。それで——」

尚美の声が、にわかに重みを増した。

「そこに切り込めないなら、いい映像は撮れないだろうなと思って、黙ってた」

尚美が息を吐いた。そしてゆっくりと身体を起こし、両肘をテーブルに置いて笑う。

「不思議だよね。そういう風に立ち回って、失敗する志穂ちゃんが見たかったはずなのに、いざこうなると心配でたまらない。志穂ちゃんから電話が来て、それに気づいて、私は心がすっと楽になったの。私を苦しめているものは志穂ちゃんじゃない。それなら応援できると思えるようになった」

目をつむり、尚美が深呼吸をした。そして再びまぶたを上げて硬い声を放つ。

「茅野さん」

ビジネスパーソンとしての呼称が、志穂の鼓膜にずしりと圧《の》しかかった。

「私も、あなたも勘違いしていたけれど、私たちの想《おも》いなんてドキュメンタリーにはどうでもいいの。私たちは理解する側。私たちのことを理解してくれなんて、そんなのは最後の最後でいい」

性への偏見を取り除くドキュメンタリーを撮りたかった尚美。それに共感して理念を引き継いだ志穂。二つの想いを否定して、尚美が堂々と胸を張る。

「今上手《うま》くいっていないのは、春日さんたちや社長たちのせいじゃない。自分のことばかり考えて、相手のことを知ろうとしなかった報いが来ただけ。茅野さんだって長谷川さんが何か抱えていることは気づいていたでしょう。気づいていて、触れることを避けたんじゃないの？」

志穂の心臓が跳ねた。その通りだ。長谷川が乗り気ではないことなんて、それこそ顔合わせの時から気づいていた。だけど逃げていたのだ。自分が撮りたいドキュメンタリーにおいて、長谷川の存在はノイズになるから。

——真面目に考えてるんだから、真面目に向き合え！

自分の怒鳴り声が、頭蓋骨の中で反響する。最も真面目に向き合っていなかったのは、真面目に向き合うべきだったのは誰か。決まっている。ドキュメンタリー制作の責任者、茅野志穂だ。なのにその怠慢を棚上げにし、厄介事に巻き込まれたかのように振る舞い、ちょうどいい言い訳を見つけてここぞとばかりに飛びついた。

自分が女だから、何もかもが上手くいかないのだと。

「――そうですね」

俯く。磨かれたテーブルに映る自分と目が合う。

「確かに女だから舐められることも、そのせいで仕事が上手くいかないことも山のようにあります。でも」

顔を上げる。ついさっきの尚美のように、胸を張って言い切る。

「今回は、そうじゃないです」

尚美が、出産前よりふくよかになった頰をゆるめて笑った。志穂も笑い返し、涙の跡を拭いながら尋ねる。

「尚美さん。私のスマホどこにありますか?」

「ここ」

尚美が充電コードごと志穂のスマホを持ち上げた。そしてコードを外して志穂に手渡す。画面のロックを解除すると、社長と山田がありとあらゆる手段を用いて連絡を取ろうとした履歴が残っており、志穂はその中から一つ、山田からの着信を選んでコールバックした。

「もしもし」

「志穂さんっすか⁉」

元気のいい大声が、キンと志穂の鼓膜を貫いた。

「あの、オレ、三人兄弟の次男なんすよ。そんで上も下も男で、女っ気のない環境で育ってきて。いや、だから許してくれって話じゃないんすけど、とにかく――」

「山田くん」

言いたいことはたくさんある。だけど言うべきことは、一つしかない。

「車出して」

※

パソコンをシャットダウンし、「お疲れ様でした」と言って席を立つ。同僚から「お疲れー」と明るい返事が届いた。ビジネスバッグを担ぎ、足早にデスクから離れる。

やがて前から会議を終えた久保田が歩いてくるのが見え、佑馬は足を止めず頭を下げてそのまますれ違おうと試みた。

「お疲れ様です」

「お疲れ。春日、ちょっと」

ダメだった。足を止めて「なんですか」と尋ねる。久保田が首筋を掻《か》き、軽く周囲を見回してから口を開いた。

「なにってわけじゃないけど」声をひそめる。「お前、最近どうした」

――どういう意味ですか？

とぼけた返しが浮かんだが、無理があるので黙る。誰がどう見ても今週の自分は覇気がなかった。

そして久保田がそれを意識しているのも、気づいていた。

「ドキュメンタリーを餌に仕事を取ったこと、そんなに気になるか」

久保田が右手を佑馬の右肩に乗せた。そして白い歯を見せて笑う。

「まあ気にするなって言っても難しいよな。とりあえず土日はゆっくり休め。撮影があるから、休めないのかもしれないけどな」

撮影なんてありませんよ。それどころか、ドキュメンタリーそのものがなくなるかもしれません。久保田さんにも協力してもらったのに申し訳ありませんでした。全て僕のせいなので、文句は僕に言って下さい。

「……はい」

小さく頷《うなず》く。久保田はそれ以上何も言わず、佑馬とすれ違ってデスクの方に戻っていった。佑馬も振り向かずに歩き出し、オフィスを出る。

オフィスのある商業ビルから外に出ると、粘り気のある熱気が頬にあたった。午前中に雨が降ったせいか湿度が高くて不快指数が高い。半袖のワイシャツから伸びる剝き出しの腕を、ベタベタと触られているような気分になる。

電車に乗り、マンションとは逆方向に二駅進んで降りる。仕事終わりのサラリーマンで満ちた金曜夜の飲み屋街を歩き、外れにあるアイリッシュ・パブへ。バンジョーやフィドルの音が目立つ陽気なBGMを聴きながら、奥へと足を進める。

カウンター席の片桐が佑馬に気づき、右手のビールグラスを軽く掲げた。

「すみません。遅くなって」

「そんな待ってないよ。シェパーズパイとフィッシュアンドチップスとシーザーサラダ頼んであるけど、他に何かいる？」

「とりあえずいいです。——すみません。キルケニー下さい」

カウンターの中の店員に飲み物を頼む。琥珀色に輝くレッドエールビールの注がれたグラスを受け取り、片桐のグラスとぶつけ合わせてから口をつける。フルーティな麦の苦み。好きな味だ。他人事《ひとごと》のようにそう感じる。

「ごめんね。いきなり呼び出して。どうしても飲む相手が欲しくてさ」

片桐がはにかんだ。佑馬は「気にしてませんよ」と答え、ビールを飲む素振りで表情を隠す。嘘《うそ》だ。昼間、片桐から誘いが来た時、断わりたいと思った。断らなかったのは、単にそのエネルギーが不足していたからに過ぎない。

「大学生の時も、よくこうやって佑馬くんのこと呼び出してたよね」

「そうですね。だいたい恋愛で何かあった時に呼ばれていた気がします」

「恋愛相談に恋愛感情を絶対に持ち込みたくなくてさ。でも女性や、異性愛者《ヘテロ》の男性だと、私か相手のどっちかが意識しちゃう可能性があるじゃない。だから春日くんがちょうど良かったの」

片桐がビールグラスに口をつける。店員が食べ物と取り皿を持ってきて、カウンターに置いた。佑馬はフィッシュアンドチップスのポテトにフォークを刺し、小さな白い容器に収まっているタルタルソースをつけて頬張る。

「ねえ。私たちが友情婚しかけたの、覚えてる？」

「覚えてますよ。失恋した片桐さんに呼び出されて一時間ぐらい愚痴られて、べろんべろんになった片桐さんがもうマジョリティとして生きてやるとか言い出して、婚姻届けを取りに行く約束までしましたよね。本気にはしていませんでしたが」

「私は本気だったよ。言ってる時は。次の日になってから、アホみたいなこと言ったなって思ったけど」

片桐が正面を向き、両肘をカウンターに置いた。組んだ手の上に顎を乗せて視線を落とす。

「私たち」暗い声。「もう、無理だと思う」

誰と誰がどう無理になったのか。――そんなこと、聞かなくても分かる。来る前からそういう話をされるだろうと予想できていた。そうでないならば、佑馬より先に恋人を飲みに誘う。

「子どもの話、こじれたままでさ。なんかもうどうにもならない感じなの。私はあなたの活動のアクセサリーじゃないとか言われちゃった。真希を前面に押し出そうとしたことなんて、一回もないのに」

――他人の生き様を玩具《おもちゃ》にすんなっての。

似たようなことを言われたなと、佑馬は話を聞きながら思い返す。あれから樹と言葉は交わせていない。茅野たちが様子を見ると決めた期間は今日が最終日だが、今まで茅野から連絡は何も来ていない。今日は六時間ほど残っているが、ロスタイムのようなものだ。期待はできない。

「社会運動って、当事者からも煙たがられるじゃない」

片桐がサラダのトマトを口に運んだ。赤い唇が動き、白い喉が上下する。

「波風立てるなとか、代表面するなとか、色々言われるでしょ。やらなきゃいけないと思うからやってるだけなのに、承認欲求を満たそうとしてると思われたりさ。ああいうの地味にこたえるんだよね。それがついに恋人にまで言われて、なんかバカらしくなっちゃった。別れたら活動もやめちゃうかも」

片桐の口角が上がった。皮肉っぽく自分を嘲る笑顔。

「佑馬くんも気をつけてね。樹くんも、あまりそういうの得意なタイプじゃなさそうだから」

今さら、何を言ってるんですか。

気づいていたのなら、無理をさせると分かっていたのなら、最初からドキュメンタリーの撮影なんて頼まないで下さいよ。自分が終わりを迎えて、全て投げ出してもいいと思うようになってからそんなことを言い出すなんて卑怯《ひきょう》です。僕たちは終わりました。片桐さんの頼みを引き受けたせいで、終わってしまったんです。

「――気をつけます」

ビールグラスに手を伸ばす。唇につけたグラスを傾け、いつもは飲まない量を一気に喉に送る。薄い炭酸に言葉を奪われる感覚が、やけに痛々しくて心地よかった。

＊

片桐との会合は、一時間半ほどで終わった。

店を出て片桐と別れた後は、どこにも寄らずマンションに戻った。リビングの熱帯魚たちに「ただいま」と声をかけて餌をやる。待ってましたとばかりに餌に飛びつくネオンテトラを見て、凝り固まっていた心労がほんの少しだけ解《ほぐ》れた。

しばらくアクアリウムを眺めて、ソファに寝転がる。ワイシャツを脱がないとしわになるのは分かっているが、どうにも動く気が起きない。寝そべったまま目だけを動かし、アルコールで火照《ほて》った頭に情報を送って、刺激による活性化を試みる。

テレビ台の上のフォトスタンドが、佑馬の視界に入った。

満面の笑みを浮かべる佑馬と、その隣でぎこちなく笑う樹。去年、樹の誕生日に江ノ島まで旅行した時の写真を見て、およそ二週間後に今年の誕生日が迫っていることを思い出した。茅野には今年もどこかに行くと宣言したが、どこに行こう。そんなことを考えて苦笑する。撮影はなくなった。どこにも行く必要はない。

左手を顔の前まで運ぶ。薬指のシルバーリングを眺めて、過去をぼんやりと思い返す。出会って、同棲《どうせい》して、パートナーシップの宣誓をして、有名になって、すれ違って、壊れた。その一連の流れを。

——赤の他人が同じ家に住んでるのはおかしいから、出ていくんだよ。

赤の他人なんて、そんなこと言うなよ。長いこと一緒にやってきただろ。嚙《か》み合《あ》ってなかったかもしれないけど、俺たちは確かに一緒にいた。いたんだ。

——死人は、生き返らないと思う。

俺たちは死んだのかな。それとも、殺されたのかな。でも殺されたとしたら、誰に殺されたんだろう。俺か、お前か、それとも俺でもお前でもない、もっと別の何かなのか。分からないよ。

——そうやって、ずっと他人のために生きていくつもりなのか？

そんなことはない。俺は俺のことしか考えていない。いつだって、今だって、俺は俺が幸せになることばかり夢想している。でも、いいじゃないか。あのインタビューを受けた時、カメラの前で言ってくれただろ。

——こいつが嬉《うれ》しいなら、嬉しいですよ。

インターホンの音が、リビングに響き渡った。

ソファから起き上がる。インターホンのモニターに近寄り、マンションの共用玄関の映像を見る。カメラ越しに自分を見据えるその人物を前にして、全身から一気に酔いが引いた。

「……茅野さん」

「春日さんですか？　夜分遅くに申し訳ありません。折り入って話があるので、開けて頂けませんでしょうか」

「分かりました。部屋の鍵も開けておきます」

共用玄関のロックを解除し、インターホンを切る。それから部屋の鍵を開け、リビングに戻ってソファに座り、自分のスマホを操作する。茅野や山田からの連絡は来ていない。つまりこの時間に、アポなしで家に来たということになる。

玄関からドアの開く音が聞こえた。すぐに茅野と、さっきモニターには映っていなかった山田がリビングに姿を現す。格好は二人とも撮影時と同じデニムとシャツ。茅野が両手を前に揃《そろ》え、ソファの佑馬に向かって深々と頭を下げた。

「急な訪問にもかかわらず、迎え入れて頂きありがとうございます」

「いいですよ。事前に連絡を頂けた方が、心の準備ができて助かりますが」

「その心の準備をさせないためのアポなしです」

耳を疑うような台詞が、茅野の口からさらりと放たれた。佑馬がどういうことだと問うよりも早く、茅野が語りを続ける。

「春日さん」真摯な視線が、佑馬の眉間を射抜いた。「取材をしたいので、長谷川さんが前に働いていた職場を教えて下さい」

酩酊《めいてい》から晴れたばかりの脳で、かけられた言葉を咀嚼《そしゃく》する。しかし答えは見つからない。佑馬は考えるのを諦め、茅野に問いを投げた。

「仰《おっしゃ》っている意味が分かりません。それを知ってどうするんですか？」

「ですから、取材をするんです。厳密には前の職場でなくても構いません。長谷川さんに所縁《ゆかり》のあるところをどこでもいいから教えて下さい。前の職場を指定したのは春日さんから伺ったことがあると聞いており、場所が分かるはずだからです」

「なんで今さら。ドキュメンタリーの撮影は続けるということですか？」

「続けられるかどうかは分かりません。ですが、続けたいとは思っています。だから続けるために取材をするんです」

茅野の声が大きくなった。強い意志を感じる、迷いのない口ぶり。

「今、私や春日さんが長谷川さんの下に出向いても、長谷川さんの心を動かすことはできません。私たちは長谷川さんを知らなすぎる。だから私たちの知らない長谷川さんを知る人から話を聞き、長谷川さんを知る努力をする。まずやるべきことは、それだと思いました」

「……僕が樹を知らない？」

こっちは年単位で同居してたんだぞ。そういうニュアンスを込めて疑問形の言葉を放ち、佑馬はソファから立ち上がった。茅野は佑馬の意図を的確に読み取り、はっきりと答える。

「はい」

たった二文字の返事が、佑馬の胸を深く抉《えぐ》った。

「お二人がどのように年月を重ねてきたのか、私には分かりません。通じ合っていた時期もあったのでしょう。ですが今はすれ違っている。そしてその原因は、春日さんが長谷川さんをちゃんと見ていないからだと私は思います」

「何を根拠に……」

「長谷川さんがこの部屋を出ていかれた後、私と春日さんはまずドキュメンタリーの心配をしました。長谷川さんの心配はしませんでした。そこに気をやれたのは山田だけ。だから長谷川さんは今、春日さんの傍ではなく山田の傍にいるのでしょう」

茅野の後ろで、山田が小さく頷いた。そして佑馬を見据える。お前はまだ気づかないのかと、若い目が訴えかけてくる。

「人間扱いして欲しい」

かつて佑馬が口にした台詞を、茅野が声高に言い放った。

「酔いつぶれた春日さんが呟いた言葉に、私は本当に共感しました。私もずっと茅野志穂という人間を、茅野志穂という人間として見て欲しいと思っていた。でも、だからなんです。自分を人間扱いして欲しいと願うあまり、他人を人間扱いすることを忘れていた。求めるばかりで、与える余裕がなくなっていたんです」

ふくよかな胸に手を乗せて、茅野が息を吸った。結論の気配に空気が震える。

「これまで私は長谷川さんに、春日さんのパートナー以上の意味を持たせようとしていませんでした。でもこれからは長谷川樹という人間として向き合いたい。もう遅いかもしれないけれど、そうしたいんです。だから、お願いします」

部屋に来たばかりの時と同じように、茅野が両手を前に揃えて頭を下げた。重力に引かれて髪が垂れ下がり、表情が見えなくなる。佑馬はその姿をぼんやりと眺めながら、これまでかけられた言葉を反芻《はんすう》して考えをまとめる。

何を頼まれていたんだっけ。

——ああ、そうだ。樹を知る人間から話を聞きたいから、そういう人がいる場所を教えてくれという話だった。確かに俺も、俺の目でしか樹のことを知らない。樹は自分のテリトリーに他人を入れたがらないから、知り合いからあいつの話を聞くなんてことは今まで一度もなかった。

俺の知らない樹。俺の見たことのない樹。

どんなやつなんだろう。

「……その取材」知りたい。「僕も、一緒に行っていいですか」

茅野が頭を上げた。そして微笑みながら、はっきりと答える。

「もちろんです」

※

以前、樹の働くバーを訪れた時、佑馬は樹に声をかけにいかなかった。

逆に若い女性店員から「樹さんの彼氏さんですよね」と声をかけられた。「それ作ったの、樹さんですよ」。白い皿に綺麗《きれい》に盛りつけられた鴨《かも》のローストを指してそう言う彼女に、佑馬はジンとシャンパンをベースにしたカクテルを飲みながら「へえ」と返した。そして彼女と日本のセクシャル・マイノリティの置かれている現状について話し、樹とは一言も喋《しゃべ》らずにバーを去った。

きっと、恐れていたのだろう。職場訪問という子どもの行動を監視するような真似《まね》をしておきながら、樹が自分の知らない場所で知らない関係を築いていることを、長谷川樹という人間に自我があると理解することを恐れていた。世間から理想の同性カップルとして扱われ、自分もぜひそうなりたいと願いながら、樹がその枠に収まらないことを感じていた。だから見ないふりをしたのだ。そうすればいつか、樹が佑馬の思い通りになってくれると思っていた。

そんなわけないのに。

木目調のドアを開き、茅野たちとバーに足を踏み入れる。店内はカウンター席とボックス席に分かれており、どちらも半分ほど客で埋まっていた。ワイシャツの上に紺色のベストを羽織り、豊かな口ひげを生やした中年男性が、カウンターの中から佑馬たちに向かって笑みを浮かべる。バーのマスターだ。

「いらっしゃいませ。茅野さんですか？」

茅野が「はい」と前に出た。マスターが指を揃えた手で店の奥を示す。

「あちらの席でお待ち下さい。すぐに伺いますので」

「分かりました。よろしくお願いします」

示されたボックス席に向かう。三人がけのソファがテーブルを挟んで置かれていたので、奥に佑馬、中央に茅野、手前に山田という順番で片方のソファに並んで座ることにした。山田がドラムバッグからカメラを取り出して撮影のポジションを考えている間に、マスターがやってきて茅野の正面に座る。

「お待たせしました」

「いえ。こちらこそ、突然の申し出を受けて頂き、ありがとうございます」

「気にしないで下さい。店の宣伝になれば私としても得ですから」

「そう言ってもらえると助かります。では改めまして、茅野と申します。こちらはカメラマンの山田です。よろしくお願いします」

茅野がテーブルに名刺を差し出した。流れるように佑馬の紹介へと繫《つな》げる。

「そしてこちらの方が、以前このバーで働いていた長谷川さんの恋人である春日さんです。春日さんはこちらにも一度来られているとのことなので、覚えていらっしゃるかもしれませんが……」

「覚えていますよ。例のインタビュー動画は見ていますし、長谷川くんからもよく話は聞いていたので印象に残っています」

「樹が僕の話を？」

声が上ずった。マスターが驚く佑馬を不思議そうに見やる。

「ええ。デザイナーをやられているんですよね。よく家まで仕事を持ち帰っていて大変そうだとか、色々と気にかけていました」

そんなバカな、と声を上げそうになった。樹がここで働き始めたのは、佑馬が定職に就かないと家から追い出すと脅したから。その頃にはもう、樹が佑馬をめんどくさがることはあっても、気にかけることなんてなかった。

「では取材に移りたいのですが、ここからはカメラを回していいでしょうか？」

茅野が話を戻した。マスターは首を縦に振る。

「ええ。構いません」

「ありがとうございます。山田くん、お願い」

山田がカメラをマスターの方に向けた。マスターの両肩が上がる。

「まず、長谷川さんの第一印象を語って頂けますか？」

「そうですねえ。素直な子、というのが一番でしょうか」

素直。いきなり予想外の評価が飛び出し、佑馬は目を丸くする。

「どの辺りからそう感じましたか？」

「面接を受けに来る人間は、普通は経歴を盛りますよね。悪いところは隠すし、良いところは膨らませる。でも長谷川くんは何度もアルバイトを短期間で辞めたとか、料理は趣味で仕事にしたことはないとか、赤裸々だったんです」

「そこまで正直に言われたのに、雇うことにした理由は？」

「選《え》り好《ごの》みできる状況ではなかったのと、試しに料理を作ってもらったら非常に良くできていたというのと、インタビューのことがあって有名だったからですね。手すきの時は接客もしてもらいますので、集客に繋がらないかなと」

「実際に集客には繋がったのでしょうか？」

「期待通りの効果はありませんでしたが、お客さんは増えました」

「……どういうことですか？」

「長谷川くんが有名だから会いに来る人はいませんでした。でも長谷川くんが好きだから会いに来る人はいた。接客が良くて、お客様に好かれたんですよ」

　接客が良い。お客様に好かれる。マスターから語られる言葉が、佑馬の知らない樹をどんどんと形づくっていく。

「先ほど申し上げたように、素直なんですよね。だから話していて安心するし、踏み込んだことを言っても愛嬌《あいきょう》になる。一ヵ月ちょっとしかいなかったのに、辞めた時はがっかりしたお客さんもたくさんいたなあ」

「そんなに上手くいっていたのに、なぜ辞めたのでしょうか？」

「それが、分からないんですよね。いきなり辞めたいと言い出して、理由を聞いても答えてくれませんでした。金銭面の問題ではないと思います。時給を上げるという提案には、そういうことではないとはっきり言っていたので」

　マスターが佑馬の方を向いた。そして素朴に問いを投げる。

「辞めた理由については、春日さんの方が詳しいのでは？」

　――なんか、合わわねえ。

　バーを辞めた理由を尋ねた時、樹から返ってきた答えを思い返す。あの時、樹はどんな顔をしていただろう。思い出せない。どうせいつもの気分屋だと思って、頭ごなしに怒ってしまったから。

「……それが、僕にも教えてくれなくて」

「そうなんですか。いったい、どういうわけなんでしょうねえ」

　分からない。ただ、あの返事が嘘なのは分かる。樹はちゃんとやれていた。社会でやっていけない男を正しい道に導いてやろうという佑馬の考えは、上から目線の決めつけでしかなかった。

「あの」声に力を込める。「樹と仲の良かった店員さんとかいませんか。その人に聞けば分かるかも」

隣の茅野が、驚いたように佑馬の方を向いた。取材のイメージを澱《よど》ませてしまったことを理解しつつ、佑馬はマスターと話し続ける。

「シフトのよく被る大学生の女の子がいて、彼女とはよく話していました。ただ私が聞いた話だと、彼女も長谷川くんが辞めた理由は知らないようですが……」

「その子は今日いますか？」

「いますよ。代わりましょうか？」

「お願いします」

「分かりました。では、呼んできます」

マスターがカウンターの方に向かった。佑馬は声をひそめて茅野に謝罪する。

「すみません。取材の邪魔をしちゃって」

「構いませんよ。それより春日さんは、ここまで聞いてどうですか？」

「……正直、別の人間の話を聞いている気分です」

「同感です。唐突な取材依頼を簡単に受けてくれた時から違和感はありましたが、辞めた職場でここまで高く評価されているとは思いませんでした」

「そうっすか？」

茅野の隣から、山田がきょとんとした顔で口を挟んできた。

「長谷川さん、コミュ力ありますし、めっちゃ美味《うま》いメシ作りますし、オレは別に不思議じゃないっすよ。まあ、辞めちゃったのは不思議っすけど」

——だろうな。茅野も言っていたように、山田は樹を人間として見ていた。身体を重ねた恋人であり、同じ性的指向を持つ仲間でもある佑馬にはできなかったことができていた。茅野は「だからこそ」できなかったのだとも言っていたけれど。

「お待たせしました」

髪を後ろでまとめた若い女性が、さっきまでマスターが座っていた席に着いた。佑馬は「あ」と声を上げ、女性がその反応を見て微笑む。

「お久しぶりです。前にいらした時もお話ししましたよね。あの時は日本の色々な問題を教えて頂き、ありがとうございました。勉強になりました」

女性が丁寧に頭を下げた。そして佑馬を見据え、芯の通った声を放つ。

「長谷川さんが辞めた理由、知っています」

機先を制され、佑馬は息を呑んだ。茅野と山田も身を強張らせる。

「だけど誰にも話していません。長谷川さんに止められました。春日さんに知られたくないから黙ってくれと言われて、今日まで黙ってきました」

女性が目を伏せた。言葉を口の中で固めるように、唇をキュッと引き絞る。

「でも私は、知って欲しいと思います。ここを辞めたことで長谷川さんと春日さんがどうなったか、私は聞いています。長谷川さんは気にしていないようでした。でも私は嫌です。長谷川さんが良くても、私が嫌なんです」

女性が目に涙を浮かべた。呼吸を整え、感極まって震える声を抑える。

「実は——」

バーを出てから、しばらく誰も口を開かなかった。

茅野たちが佑馬の言葉を待っているのは分かった。だけど何も言えなかった。今ある情報を処理することに精一杯で、新しい何かを外に出す機能が停止していた。可能ならば、息をすることすら止めてしまいたい気分だった。

※

運転席に山田、助手席に茅野、後部座席に佑馬という配置で車に乗り込む。前と後ろで空間が分かれ、茅野と山田の間に会話が発生する。ついさっき行ったばかりの取材に全く触れず、別の仕事について語る二人はとても不自然だった。だけど佑馬はその気づかいをありがたく享受して、考え事に耽《ふけ》った。

車が住宅街の路肩で停《と》まる。山田がフロントガラス越しに、安普請な二階建てのアパートを指さした。

「あれがオレんちっす」

「本当にボロいのね」

「あの給料だとあんなもんっすよ。志穂さんは新人の頃どうしてたんすか？」

「……親から仕送り貰《もら》ってた」

「でしょ？」

賑《にぎ》やかな会話を尻目に、佑馬はドアを開けて外に出ようとする。しかし山田に「春日さん」と呼びかけられて足を止めた。

「これ、部屋の鍵っす。中にいるなら開いてると思うっすけど、念のため」

運転席の背もたれ越しに、山田がくすんだ銀色の鍵を佑馬に手渡してきた。佑馬は鍵を受け取って握りしめる。

「202っすよ」

「分かってる。ありがとう」

車を降り、ドアを閉めて歩き出す。アパートは立ち入ってみると車から見た印象以上に古びていた。壁のあちこちに亀裂が走っており、二階へと続く金属の階段は錆《さ》びついていて、一段上るたびに足元が揺れて緊張と不安を煽《あお》る。だけど階段を上りきって202号室の前に立つと、嘘のように気持ちが落ち着いた。きっともう、行くしかないからだろう。

ノブに手をかけて回すと、あっさりドアが開いた。同居したての頃、家にいる時も鍵をかけろと言い聞かせたことを不意に思い出す。結局、何度言っても直らなかったので諦めてしまった。佑馬は苦笑いを浮かべ、握っていた鍵をボトムスのポケットに入れてから家に上がる。

玄関からは短い廊下が伸びており、右手側には洗濯機と冷蔵庫、そしてキッチンが設置してあった。どれもいかにも一人暮らし用といったサイズであり、佑馬の部屋と比べてどちらが快適かなんて比べるまでもない。それでも一週間もの間ここに居ついていた理由を、今さら考えるまでもないように。

擦《す》りガラスのはまったドアを開く。およそ六畳のワンルームに寝転び、テレビを見ていたジャージ姿の樹が首を曲げて振り向いた。そしてのっそりと起き上がり、あぐらをかいて「よ」と片手を挙げる。

「驚かないんだな」

「連絡があったからな。我慢できなくて話したって泣きながら謝られたから、来るんじゃねえかなと思ってた。いい大人が大学生の女の子を泣かせるなよ」

「俺が泣かせたわけじゃない」

「お前のリアクションを見て、やべえことになったと思って動揺したんだろ。もっとどっしり受け止めろよ」

「受け止められるわけないだろ」

吐き捨てる。樹は動じず、猫のように背中を丸めて佑馬を観察している。

「おかしいとは思ってたんだ。いつもは人の名前、覚えないもんな。あっちも変に気にかけてるみたいだった。だけど――」

話の筋が、頭の中で混線する。違う。今それはどうでもいい。大事なのは――

「どうして言わなかった」

「言う必要ねえと思ったからだよ」

「なんでだよ！　言ってくれれば今頃、俺たちの関係だって違っただろ！」

「んなことねえ」

激昂《げっこう》する佑馬の言葉を否定し、樹が冷静に語る。

「言わなかったから、こうなったんじゃない。こうなるような関係だから、言えなかったんだ。分かるだろ」

言い返せず、佑馬は唾を呑んだ。分かっている。樹が言わなかったことは原因ではない。言えるほどお互いを信じていなかったという、答えだ。

「――再来週の連休」

ボソリと呟く。樹の眉が小さく動いた。

「去年と同じ、江ノ島に行こう。そこでこれからの話をしたい。茅野さんには俺から言っておくよ。それで納得してくれるかどうかは分からないけど」

無茶苦茶《むちゃくちゃ》だ。語りながらそう思う。話に脈絡がなさすぎて、一蹴されてもおかしくない。むしろ樹が佑馬に見切りをつけているなら一蹴するだろう。これからの話なんて、するまでもなく決まっているのだから。

樹があぐらを整え直し、背中を伸ばして佑馬と向き合った。

「分かった」

ありがとう。囁《ささや》くように礼を告げ、佑馬は踵《きびす》を返した。それから山田の部屋を出て階段を下りた頃、泣いている自分に気づき、涙を拭ってから茅野たちの待つ車に向かった。

八十五日目

「あの日は、お客様が少なかったんです」

白シャツの上に紺のベストをまとった若い女性が、テーブルの向こうから神妙な面持ちで口を開いた。

「だから暇でした。そういう時はよく洗い物するんですけど、それもなくなって、外の喫煙所の掃除に行くことにしたんです。そうして店の裏口を出たら、そこを曲がれば喫煙所という建物の角に長谷川さんが立っていました。きっと長谷川さんも暇だったんでしょう。あと一組でもお客様がいれば、違ったと思うんですけど」

女性が力なく笑った。あとほんの少しでも客がいれば、あんなことにはならなかったのに。そう運命を皮肉るような笑い。

「長谷川さんは建物の角に隠れて、喫煙所の方を眺めていました。私が近づくと気まずそうな顔をしましたが、すぐ喫煙所に視線を戻しました。私も気になって長谷川さんの陰から喫煙所の方を見ると、そこにいたんです。その……」

女性が言《い》い淀《よど》んだ。だけどすぐに顎を上げ、続きを言い放つ。

「春日さんの、上司の方が」

他の誰にも聞かせたくない。でもあなたには絶対に聞いて欲しい。ボリュームは低いのに張りのある声から、そういう意思が伝わる。

「春日さんの上司は一緒に来た男性の友人と、煙草《たばこ》を吸いながら話をしていました。耳を澄まして聞いてみると、春日さんの話をしているようでした。そしてその友人の方が、その、あまり品のない方で、話の振り方が失礼だったんです。『もし告られたらケツ掘らせるの？』とか聞いたりして。でも春日さんの上司も注意しないで『掘らせるわけないだろ』とか言って笑っていました」

女性が唇を嚙《か》んだ。悔しさがにじみ出る素振り。

「そして、そのうち友人の方が『まあでも、お前の会社はそういうのに力入れてるんだから我慢しろよ』と言ったんです。『そういうの』も『我慢』もひどい言葉で、私は本当に嫌な気分になりました。でもやっぱり春日さんの上司は怒らずに、こう答えたんです」

わずかな溜《た》めの後、小刻みに震える声が放たれた。

「『適当にホモ雇うだけで先進企業ぶれるんだから、楽なもんだよ』って」

女性が顔を伏せた。言葉がテーブルにぶつかり、跳ね返って届く。

「次の瞬間、長谷川さんが春日さんの上司に飛びかかりました。いつ動いたのか分からないぐらい、一瞬の出来事でした。気が付いたら長谷川さんは春日さんの上司を地面に寝かせて殴っていて、私と友人の方はそれを止めようとしていました。そのうち長谷川さんは倒れている春日さんの上司から離れて店に戻り、私は急いで長谷川さんを追いかけました。二人で話をしたかったんですけど、長谷川さんはそのまま店のカウンターに出てしまって、それはできませんでした」

抑揚のない語り口が、進むにつれてどんどん不安定になっていく。

「そのうち、春日さんの上司と友人の方が店内に戻ってきました。二人は他の仲間に何も言わずに飲み会を続け、やがてそのグループはお会計を済ませて店から出ていきました。私は正直、安心しました。何もなかったことにできると思った。でも店じまいの時、長谷川さんから店を辞めると聞き、今日のことを誰にも言わないで欲しいと頼まれました」

心の揺れを無理やり押さえつけるように、声量が一際大きくなった。

「長谷川さんが辞めることないと私は言いました。確かにお客様に暴力を振るいはしたけれど、それは相手も悪いし、問題にもなっていないのだから黙っていれば分からないと。でも、長谷川さん自身がダメだそうです。このままこの店で働き続けられる気分じゃない。そう言っていました」

沈黙。やがて女性が、伏せていた顔を勢いよく上げた。

「おかしいじゃないですか」

薄ぼんやりとした照明が、涙で濡《ぬ》れた女性の頰《ほお》を照らす。

「どうして長谷川さんが苦しまなくちゃならないんですか。一人で抱え込んで、一人で損をしなきゃいけないんですか。おかしいですよ。絶対――」

ドン！

テーブルを叩《たた》く音が響いた。女性が肩を震わせて語りを止め、代わりに画面の外から苦しそうな男の声が届く。

――なんでだよ。

答えはない。それでも、男は繰り返す。

――なんで。

※

後ろに人の気配を感じ、志穂は動画の再生を止めて振り向いた。

背後に立っていた山田と目が合った。志穂はかけていたヘッドホンを外し、椅子を半回転させて身体も山田と向き合わせる。早朝のオフィスにはまだ誰も出社しておらず、椅子のジョイントの軋《きし》む音がよく響いた。

「何？」

「いや、別に用があるわけじゃないっすけど……徹夜っすか？」

「二時間ぐらいは寝たよ」

「タフっすねえ」

山田がふわあと欠伸《あくび》をした。鼻の下にうっすらと生えている髭《ひげ》を見て、自分の顔はどうなっているのだろうとにわかに不安を覚える。起きてからすぐに仕事を再開したので何の手入れもしていない。まあ、スタジオに寝泊まりすることなんて珍しくもないし、山田にすっぴんを見せるのも初めてではないけれど。

「山田くんも眠そうだけど、昨日あれからちゃんと寝たの？」

「ばっちりっすよ。一日十時間寝たい人間なだけっす。むしろ志穂さんほっぽって寝まくってすみません」

「気にしないで。運転するんだから寝るのも仕事のうち。山田くんに起きられても今はまだやることなかいし」

志穂がノートパソコンに繋《つな》がっているモニターを横目で見ると、山田も同じように視線をそちらに移した。一時停止が押された動画編集ソフトのウインドウから、バーの制服を着た涙目の女の子がこちらを見つめている。

「それ、使えないっすよね」

「まあね。どう転ぶにしてもこれは無理かな」

「どう転ぶんですかねえ」

山田が億劫《おっくう》そうに呟《つぶや》く。志穂は「さあ」と答え、ギュッとまぶたを強く閉じて乾いた目を潤そうと試みた。そして朝日を受けて輝くオフィスを眺めながら、これからのことをぼんやりと考える。

今日の春日と長谷川のデートで、方向性はだいたい決まる。

決まれば決まったように動く。春日からは「茅野さんたちに損害は与えません」と言質《げんち》を取っており、山田の家を間借りしている長谷川も「山ちゃんたちには迷惑かからないようにするよ」と言っているらしいので、何かしらの形は出せるだろう。そうでなければ志穂たちも、さすがに今日まで待つことは許容できなかった。

とはいえ、待った結果が期待通りになるとは限らない。魂のこもっていない映像を仕上げ、金銭の対価として先方に渡す。そういう未来は十分にあり得るし、むしろ現状そうなる可能性の方が高い。だから今の段階で取材映像を見返してドキュメンタリーの構成を考えても何の意味もない。寝ていた方が有意義だ。

そうしないのはもちろん、志穂がその未来を許容したくないからに他ならない。

「山田くん」

「なんすか？」

「もし私が、完全に無駄になるかもしれない作業に何日か徹夜する勢いで全力出してくれって頼んだら、受けてくれる？」

「受けますよ」

即答。面食らう志穂に向かって、山田が親指を立てた右手を突き出す。

「オレは志穂さんのパートナーっすから。ガンガン仕事振ってください」

――もっと山田くんを信用してあげなさい。

いつか社長から聞いた言葉を思い出す。志穂は椅子から立ち上がり、オフィスルームのドアに向かいながら山田の肩をポンと叩いた。

「期待してる」

山田が元気よく「はい！」と返事をした。志穂はオフィスを出て、一階のリビングに向かう。リビングのドアを開けるとソファに座ってテレビを観《み》ていた社長が、モーニングコーヒーのカップを手に持ったまま振り向いた。

「おはよう。コーヒー飲む？」

「飲みたいですが……その前に」

ソファに歩み寄る。気の抜けた顔で志穂を見上げる社長の前に立ち、背筋を伸ばして気道を通す。

「社長」

ここ数ヵ月で、一番気持ちの良い声が出せた。

「相談があります」

※

潮風の中、コンクリートの橋を島に向かって歩く。

直射日光と海の照り返しに挟まれて、しっかりまぶたを開けると眼球の裏側がちくちくと痛む。絶好のデート日和《びより》ではあるが、絶好の撮影日和とは言い難い。山田は撮影が始まるまで位置取りやカメラの調整に四苦八苦していたし、志穂の少し前を歩く春日と長谷川も眩《まぶ》しそうに眉をひそめ、整った顔立ちが歪《ゆが》んでしまっている。

「去年は、なぜ江ノ島に来たんですか？」

声が風に飛ばされないよう、いつもよりややボリュームを上げる。春日が遠い目で島を見つめながら質問に答えた。

「樹の希望です。誕生日の旅行を提案したら江ノ島に行きたいと言われたので」

「そうですか。長谷川さんはどうして江ノ島を選んだんですか？」

「行ったことなくて、近かったんで」

「は？」

春日が素っ頓狂な声を上げた。そして長谷川につっかかる。

「そんな理由だったの？」

「そうだよ。遠くまで行くのめんどくせえじゃん」

「お前、一人でふらっと遠出するの好きだろ」

「旅は好きだけど、旅行は苦手なんだよ」

「なんだよそれ……スナフキンかよ……」

ぶつぶつと愚痴る春日と、素知らぬ顔の長谷川。気を揉《も》む春日とマイペースな長谷川という、これまで撮影で何度も目にした組み合わせだ。変わっていない。二週間ぶりに顔を合わせたなんて、言われなければ絶対に分からない。

二人がどういう腹積もりでこのデートに臨んでいるのか、志穂は聞いていない。だから今撮っている映像がどのように使われるのか、あるいは使われないのか、まるで見当もつかない。イメージするシナリオがあり、それに使えそうな画を撮っていた今までとは違う、手探りで暗闇を歩くような撮影。きっとこれが「人間を撮る」ということなのだろう。

橋を渡り切り、島に到着する。快晴の休日だけあって観光客も多く、大きめのカメラを担いだ山田のせいで志穂たちはだいぶ目立っていた。だけど春日も長谷川も気にすることなく、標高60mの島をずんずんと登って奥へと進んでいく。やがて目指していた場所への案内看板が、志穂たちの前に現れた。

『恋人の丘　龍恋《りゅうれん》の鐘　入口』

看板の奥には、両脇に背の高い草木が生えた小道が続いている。春日が小道の奥を覗《のぞ》き、ノスタルジーに浸るように目を細めながら口を開いた。

「茅野さん」

「分かっています。私たちはここで待っていますので、どうぞ」

「ありがとうございます。樹、行こう」

春日が小道に向かって歩き出した。長谷川は無言で春日についていく。二人の姿が見えなくなってから、山田が志穂に話しかけてきた。

「いいんすか？」

「いいも何も、約束したんだからしょうがないでしょ」

「だから、そんな約束して良かったんすかって話っすよ」

「仕方ないじゃない。ここまで撮らせてもらえただけ、ありがたいと思わなきゃ」

大事な局面だ。撮りたいか撮りたくないかで言うならば、もちろん撮りたい。だけど撮るわけにはいかない。それぐらいの分別はついている。

思い出の場所に行き、二人きりで話をしたいという春日の想《おも》いを聞いた時、志穂は「ロマンチストだな」と思った。自分と春日は似ていると思っていたが、やはり違うところはしっかりと違うようだ。相手自体いないのはまた別の話として、自分の頭からその発想は絶対に出てこない。

「ところで山田くん、この先には何があるの？」

「ざっくりいうと、鐘と柵があります。そんでその柵に二人の名前を書いた南京錠《なんきんじょう》をぶら下げると、愛が永遠に続くみたいな逸話がある感じっす」

「何それ。どういう理由で？」

「……そういうのに理由とか要ります？」

「だって古くからの言い伝えみたいなものがあるならともかく、そうじゃないなら言ったもの勝ちじゃない」

「それはそうっすけど……なんていうか、本当に色気がないっすね」

山田がため息をついた。そして春日たちが消えていった小道を見つめる。

「あの二人が戻ってきたらオレと志穂さんで行こうと思ってたのに、めちゃくちゃやる気が落ちましたよ」

「なんで私と山田くんで行くの」

「そりゃ、オレが志穂さんのことを好きだからっす」

「へー……」

反応が遅れた。

言葉の意味を理解して志穂が山田の方を向くと、山田はとっくに小道から志穂に視線を移していた。今まで見たことのない、こんな目ができたのかと驚いてしまうほど真摯な表情に志穂はたじろぐ。その困惑につけこむように、山田がいつもより低い男を感じさせる声を志穂にぶつけた。

「本気っすよ」

もしかしたら――

春日も最初は、恋愛に興味のある人間ではなかったのかもしれない。どこかで恋をして、それが心に刺さって、ああいうロマンチストになったのかもしれない。自分と春日はやはり根っこのところでは似ていて、だから自分も心とろかすような恋に出会えば、春日と同じようなロマンチシズムを抱くことがあるのかもしれない。

だけど――これは、そうではなさそうだ。

「ごめん」素直に。「一ミリも意識したことない」

飾らない言葉を放つ。山田が眼球の飛び出そうな勢いで目をひん剝《む》き、志穂は思わず身を引いた。そしてさっきの何倍も大きなため息を地面に叩きつけ、覇気のない声でボソボソと呟く。

「断り方ってもんがあるじゃないっすか……」

「しょうがないでしょ。本当に、全く意識したことないんだから」

「……これからもなさそうっすか？」

「うん」

はっきりと言い切る。変な希望を持たせないようにしてやろうという志穂の優しさは伝わらず、山田が眉を大きく下げて今にも泣き出しそうな表情を見せた。そして首をぶんぶんと振り、全てを諦めたように力なく笑う。

「もう、いいっす。そういうとこ好きになったんで」

「変なとこ好きになるのね」

「……死体蹴りやめてもらっていいっすか？」

蹴ったつもりはなかったが、言われた通り黙る。山田が脇に抱えているカメラを一撫《な》でし、視線を再び春日たちの歩いていった小道に戻した。そして志穂に横顔を向けたまま、照れ隠しと誤魔化《ごまか》しの言葉を吐く。

「ドキュメンタリー、ガチで気合い入れて作りますよ」

やけくそな言い方に、志穂は吹き出しそうになった。だけどそれを我慢する。刺されたくはない。それに山田のこういうところは、嫌いではない。

「当たり前でしょ」

＊

若い男女が、小道の先から歩いてきた。

男二人で恋愛スポットに向かう自分たちをどう見ているのか、佑馬はその表情を観察する。しかし男女は佑馬たちなど視界にも入っていないといった風に、仲良く言葉を交わしながら素知らぬ顔ですれ違っていった。安堵《あんど》と共に、失望を覚える。自分たちを「どこにでもいる普通の恋人同士」と思えず、不必要に他人を悪く見てしまった己自身に。

小道を抜けると、海を臨むように造られたコンクリートの高台「恋人の丘」に辿《たど》り着《つ》く。丘と呼ぶにはだいぶ人工的だが、海を水平線まで見渡せる展望のおかげで風情のなさは感じない。ただ、高台を囲む背の低いフェンスに南京錠がびっしりと取りつけられているせいで、情緒より先に欲望を感じて気圧《けお》されてしまう面はある。

海風が佑馬の頰を撫でた。佑馬は深呼吸をしてから、鐘を釣り下げている青緑色の構造物に歩み寄る。一年前、「龍恋の鐘」と名づけられたこの鐘を鳴らし、自分と樹の名前を書いた南京錠をフェンスに取りつけた。そうすれば永遠の愛が手に入ることになっていたから——ではない。恋人らしい旅の思い出を残せれば何でも良かった。本当に、何でも。

「相変わらず、すげえな」

南京錠まみれのフェンスを前に、樹が素直な感想を漏らした。そしてフェンスの前にしゃがみ、南京錠に書かれている名前を確認し始める。

「俺ら、どの辺につけたっけ」

「忘れた。そもそも残ってないんじゃないか。定期的に交換してるだろうし、一年はもたないだろ」

「そっか」

南京錠探しを諦め、樹が立ち上がった。そしてフェンスの上部に手を乗せて海を眺める。佑馬が隣に立っても樹は微動だにしなかった。陽光に輝くブラウンの髪と落ち着いた佇《たたず》まいから、佑馬はどこか神秘的な気配を感じ取る。

「もう、一年経《た》つんだな」

横顔に話しかける。樹は、横顔のまま答えた。

「そうだな」

「あの時は、こんなことになるなんて考えてなかったよな」

「当たり前だろ。考えてたらこんなところ来ねえって」

「そうかな。恋人とぎくしゃくして、どうにか修復したくて、既成事実を作りに来るやつだっているると思うぞ。形を先に作れば中身は後からついてくる。そういう発想をする人間は珍しくない」

横顔から目を逸《そ》らす。樹と同じように、海に向かって声を落とす。

「俺が、そうだからな」

背後から男女の話し声が聞こえた。年齢も背格好も分からない。何なら声質が低音と高音なだけで、もしかしたら男女ですらないかもしれない。ただ、恋人同士であることは分かる。そういう会話が雑音として耳に届く。

「ドキュメンタリーの話を受けた理由が、まさにそれだ。応援してくれる人たちのためとか、苦しんでいる仲間たちのためとか綺麗《きれい》な言葉で飾り立てて、本音は違う。カメラの前で理想のカップルのように振る舞えば、カメラの外でも理想のカップルになれると考えた。浅はかだよな」

カランカラン。鐘が鳴った。鐘を鳴らした恋人たちが言葉を交わす。

「パートナーシップの宣誓も、お前を俺の実家に連れていったのも、一年前ここに来たのも同じ。そういう恋人になりたいから、そういう恋人のように振る舞った。俺はいつもお前の想いより、俺の理想を優先した」

カシャ。フェンスが揺れた。南京錠をつけた恋人たちが言葉を交わす。

「俺はお前を人間扱いしてないんだよ。お前に自我があって、意思があって、理想があることを認めていないんだ。そんな俺に嫌気がさすのは当然だ。だから――」

「お前のためなら、無理できた」

雑音が消えた。

顔も知らない恋人たちの会話が、海風が木々を揺らす葉擦れの音が、佑馬の耳に届かなくなった。佑馬はゆっくりと樹の方を向く。雑音をかき消した声の聞こえ方から察していた通り、樹も佑馬の方を向いていた。

「だから去年ここに来たし、鐘も鳴らしたし、南京錠もつけた。お前の実家に行ったのも、パートナーシップの宣誓をしたのもそう。お前は俺の自我を認めてないって言ったけど、断らなかったのも含めて自我だろ。長谷川樹はノーを言えないから、代わりに自分が全部考えてやらなきゃならないなんて方が、よほど自我を認めてない。それは大人と子どもの関係だ」

――許せるなら、許してもいいだろ。

いつかの樹の言葉を思い出す。大事なのは結果ではなく、自分で判断すること。そしてその判断に他人が口を挟まないこと。

「そんで、今までそうやって無理できたから、ドキュメンタリーもお前のために無理できると思った。何ならお前と同じように、これをきっかけに関係が修復することだってあるんじゃないかと思った。でもすぐに気づいたんだ。これはお前のための無理じゃない。顔も名前も知らない赤の他人のための無理だって」

――そうやって、ずっと他人のために生きていくつもりなのか？

講演の打ち上げの帰りに、駅のホームでかけられた言葉。あの時、自分は何と答えたのか。思い返して気づく。何も答えていない。

「俺だって、俺らみたいな人間は差別されてもいいと思ってるわけじゃない。でもそいつらのために自分を曲げる気は起きないんだ。俺らのインタビュー動画をネタにしてたやつらのためなんて論外。お前があいつらに感謝してるの、意味分かんねぇと思ってたし」

違う。そうじゃない。俺はただ、お前と――

「なのにお前は『他はどうでもいいからドキュメンタリーだけは真面目にやれ』って感じで、俺の中で色々と食い違ってきた。だんだん『お前のため』の無理もしたくないと思うようになった。いざ撮影が始まったらさらにそれが強くなって、しまいには爆発して、今日に至るってわけだ」

樹がおどけるように肩をすくめた。そして再び海に視線を戻す。

「まあでも、俺も引き受けたんだから、そういうのはちゃんと話すべきなんだよ。それをしないで勝手にストレス溜めたのは俺。だからお前は、それを申し訳ないと思わなくていい。俺の判断ミスだ」

お前のせいじゃなくて俺のせい。表面だけ聞けば優しい言葉が、ナイフとなって佑馬の胸を抉《えぐ》る。お前がどれだけ反省しても、俺は俺の考えを曲げない。もうお前のために無理をしない。これはそういう宣言だ。優しさではない。

「バーを辞めた理由を話さなかったのも、俺のための無理か？」

「そうだな」

「俺はそんなこと望んでない」

「だろうな。結局、俺もお前を人間扱いしてないんだ。大人が子どもを守ろうとするように、独り善がりにお前を守ろうとした。俺たち、そういうところは似てるよ。嚙み合えば何も言わなくてもお互いの望むことをできる、理想のカップルになったと思う。嚙み合わなかったけど」

上手《うま》くいった。嚙み合わなかった。過去形の表現が、樹の中ではすでに終わったことなのだと告げる。そして、その表現に違和感を覚えていない自分の中でもそうなのだと、佑馬は現実に打ちひしがれながらフェンスを握る手に力を込める。

もっと前なら、間に合ったのだろうか。

長谷川樹が春日佑馬のためなら無理をしてもいいと思っているうちに、俺のために無理をしてくれと頼んでいたら、全く違う今が待っていたのだろうか。――そんなはずはない。自分を根底から偽るような無理をしないと一緒にいられない時点で、それはもう無理なのだ。

こうなってしまったことが全て。磁石の同じ極がくっつかないようにくっつかなかった。ただ、それだけの話。

それだけのことが、どうしてこんなにも苦しいのだろう。

「――ここの南京錠さ」

震えそうになる声を抑え、フェンスに手を触れる。

「ものすごい数だろ。だから、これをつけた全員が永遠の愛を手に入れて、今頃みんな幸せになってるかって言うと、そんなことはありえないと思うんだ。デートでここに来て、鐘を鳴らして南京錠をつけて、その半年後とか、三ヵ月後とか、何なら次の日とか、下手したらその日の夜とかに別れてるやつらが絶対にいる」

指先で南京錠を撫でる。永遠の愛を誓った証《あかし》にしては冷えていて、指の腹がうっすらと固くなる。

「でも、それが普通なんだよな。世界はそうやって回っている。だから『どこにでもいる普通の恋人同士』の俺たちにも、そういうことが起こる」

これは天災だ。自然現象だ。そう自分に言い聞かせる。どこかにあった幸せな未来なんていう幻想を、迂闊《うかつ》に探してしまったりしないように。

南京錠をどこにつけたか忘れたなんて、嘘《うそ》だ。しっかりと覚えている。嘘をついたのは向き合いたくなかったから。なくなっていればまだいい。もし残っていたら、今日ここで告げようと思っていた言葉は、きっと口にできない。

「樹」

これから大事なことを言うぞ。そういう想いを呼びかけに乗せる。すぐに海を眺めていた樹が振り向き、佑馬は苦笑いを浮かべそうになった。ここに来て通じ合ってんじゃねえよ。クソが。

「俺たち、別れよう」

海風が言葉を散らす。樹の頭が、縦に揺れた。

「ああ」

※

恋人の丘から戻った後は、近くの食堂で茅野たちと打ち合わせをした。

佑馬が告げた結末を、茅野は「そうですか」と素直に受け止めた。そしてその後に茅野は自らのプランを話し、今度は佑馬たちがそれを受け入れた。話の流れで樹は佑馬のマンションに戻ることになり、山田が「長谷川さんのメシ食えなくなるのは残念っすね」と肩を落としていた。

落としどころが決まった後は、デートの撮影を続行した。鎌倉まで足を延ばし、夕食を取ってから、茅野たちの車でマンションまで送ってもらった。およそ三週間前ぶりの帰宅に樹は何のコメントもすることなく、出ていく前と同じようにマイペースにくつろいでいた。

やがて、寝支度を整える時間が訪れた。樹が先に風呂に入っている間、佑馬はリビングでテレビドラマを観る。恋愛中心の群像劇を描くドラマには男性同士の恋愛も含まれていて、佑馬はふと、かつて樹がこの手のドラマを「見世物にされているようで気持ち悪い」と評したことを思い出した。今思えば、考え方の違いを見つける機会はあちこちに転がっていた。見つけても変えられないから、意味はないけれど。

樹が風呂から上がってきた。湿った茶髪が頭皮に張りつき、ファンシーなストライプ柄のパジャマと相まって普段の野性味はすっかり失われている。佑馬はこの姿の樹を見るのが好きだった。晴れた日に家で折り畳まれている傘のような愛らしさを、風呂上がりの樹から感じていた。

「なあ」

樹が話しかけてきた。佑馬はソファの背もたれに身体を預けて答える。

「なに？」

「私物の整理したいんだけど、キッチン用品どうする？　だいたいお前の金で買ったもんだから、残して欲しいなら残すよ。次に住むところの台所クソ狭いし」

ドラマの中で、激しい口論が起こった。

俳優たちの怒鳴り声の中、佑馬はパチパチと瞬《まばた》きを繰り返す。樹はそんな佑馬を無表情で見下ろしており、その動じない態度がさらに佑馬を混乱させた。話をどこから整理すればいいのか。考えて、とっかかりを見つけ、そのまま口にする。

「次に住むところ？」

「そう。山ちゃんとこにいる間に決めたんだよ。あとは契約するだけって感じ。ちなみに仕事も決まってるから」

ドラマの口論が、収束の気配を見せ始めた。待て。こっちはこれからだ。そんな風に置いていかれた気分になる。

「そういうのは先に言えよ」

「言ったら、もう出ていく準備してるから別れようみたいになるだろ。それはなんか違うじゃん」

「別れないことになったらどうするんだよ」

「キャンセルすればいい。それに……ならねえだろ」

樹の声がくぐもった。しんみりとした雰囲気が生まれ、佑馬も口をつぐむ。テレビドラマのやりとりとアクアリウムのエアーポンプの音が、埋めているはずの沈黙を逆に引き立てて、次の一言を口にする壁を高めていく。

ついさっきまで口論をしていたドラマの二人は、いつの間にか抱き合って愛を囁《ささや》いていた。羨ましい限りだ。自分たちは何度ぶつかっても、ただお互いが違うことを確かめ合うだけだったのに。

「おやすみ」

ぼそりと呟き、樹が寝室に向かった。引き留めなくては。そんな理由のない衝動が佑馬の胸に襲いかかる。

「樹」

強めに呼びかけると、樹が寝室の前で振り返った。何と言うべきか。何を語るべきか。一瞬のうちに数多くの言葉を頭の中に並べ、見つける。

「誕生日、おめでとう」

かけ忘れていた言葉。樹の頬が柔らかくほころんだ。

「あんがと」

樹が寝室に消える。佑馬はソファに座り直してテレビと向き合う。どうだ。俺たちにだって、これぐらいはできるんだ。すっかり仲直りしたドラマの恋人たちに向かってそんなことを考えている自分があまりにも間抜けで、佑馬は一人、声を立てずにひっそりと笑った。

百日目

——よし、動いた。

カメラのマイクが若い女の声を拾った。画面には横に長いブラウンのソファと、その中央に座る若い男が映っている。眉尻を下げて不安げな表情をしている男が、背中を少し前に傾けて話しかけてきた。

「重そうですけど、大丈夫ですか？」

——大丈夫ですよ。これでも新人の頃はカメラマンもやっていました。

女が答えた次の瞬間、画面がぐらりと揺れた。男が湿っぽい視線をカメラに送る。

「……僕は別に二人いてもいいですよ」

——でも一人の方が圧は少ないでしょう？

「それはそうですけど、そのせいでいい画が撮れなかったら本末転倒ですし」

——そんなことはないです。一番大事なのは言葉ですから。

有無を言わせぬ口調で、女がはっきりと言い切った。

——表情や仕草も重要ですが、それを綺麗《きれい》に撮ろうとすることが思考をほんの少しでも邪魔するならば、私は切り捨てていいと思っています。それぐらい今は言葉が大事です。それに。

沈黙。やがて再開された語りは、声質がソフトになっている。

──私は一対一で春日さんと話がしたいんです。一人の人間として、一人の人間と真正面から向き合いたい。本当にやりたいのは撮影ではなく対話なんです。

「なら、いっそカメラ抜きでもいいのでは?」

──撮影をしなくていいわけでもありませんから。タレントさんならともかく、春日さんは一回語ったことをもう一回カメラの前で語ってくれと言われても、力のある言葉は放てないでしょう?

「確かに」

男が頷《うなず》いた。そして背中を引き、カメラから軽く遠ざかる。

「茅野さん、変わりましたね」

──変わった? どの辺りがですか?

「映像より言葉が大事というのはともかく、やりたいのは撮影ではなく対話だというのは、僕と出会った頃の茅野さんだったら言わなかった気がします」

──それは、そうですね。仕事に私情を挟んでいるようなものですから、少し前の私なら後ろめたくて隠したでしょう。

暗い声。だけどそれはすぐ、朗らかで明るい声に上塗りされる。

──ただ、気づいたんです。人のやることに感情を乗せないのは不可能だって。どう足掻《あが》いたって仕事に私情は挟まれる。だったら、私情を挟んでもいいですかと許可を取ってやればいい。そう思いました。

女の言葉を聞き、ソファに座っている男が小さく笑った。そしてカメラに向かって声をかける。

「僕は、今の茅野さんの方が好きですよ」

——ありがとうございます。ところで、そろそろいいですか？

「はい。始めましょう。心の準備はできています」

——分かりました。では、よろしくお願いします。

合図と共に、男が咳払《せきばら》いをした。そして両手を腿《もも》に乗せて胸を張る。男はそのまま上体をゆっくりと前に倒し、左巻きのつむじをカメラに見せつけた。

「申し訳ありません」

頭が上がる。想《おも》いの込められた瞳が、画面の中央で力強く輝く。

「僕、春日佑馬と長谷川樹は、このドキュメンタリーの撮影が始まった時、既に交際関係にはありませんでした」

⁂

枕元でアラームが鳴り響き、志穂は目を覚ました。

スマホのアラームを止めて、上体を起こす。自分の寝ている布団以外にロクなものがない殺風景な部屋を見渡し、志穂は昨夜『ライジング・サン』の仮眠室で眠ったことを思い出した。頭も身体も目覚めきっていない中、大きく伸びをして全身の強張《こわば》りをほぐし、起き上がって布団を畳む。

仮眠室を出た後は、一階の洗面所で顔を洗って眠気を払った。そしてコーヒーでも飲もうとリビングに足を踏み入れる。テレビの前のソファに座って朝のニュース番組を観《み》ていた社長が、座ったまま首を曲げて志穂の方を向いた。

「おはよう」

「おはようございます」

「山田くんはまだ寝てるの？」

「分かりません」

「一緒に寝てたんじゃないの？」

「女性と二人はマズイからと、仮眠室で寝るのを避けたんです。だからリビングで寝てると思ってたんですけど、いないみたいですね」

「今まで平気で雑魚寝してなかったっけ」

私に告白した手前、同衾《どうきん》は気が引けたんでしょう。言いませんが。

「大人になったんじゃないですか」

はぐらかし、食器棚から自分のマグカップを取り出す。コーヒーサーバーから温かいコーヒーを注ぐと、優しい匂いが立ち上ってきて気持ちがすっと落ち着いた。ひじかけのないシンプルな椅子に座り、背の高い食卓に左腕を乗せながら、コーヒーを飲んでテレビを観る。

「そういえば、志穂ちゃん」ソファから、社長が志穂を見上げてきた。「A案の方はどこまで進んだの？」

A案とB案。単純なネーミングだ、と耳にして改めて思う。自分で命名したのに。

「昨夜、完成しました」

「もう？」

「今日の撮影が終わったらB案の方に注力したいので、急ピッチで進めたんです。山田くんにも頑張ってもらって」

「A案だから適当に仕上げたわけじゃないよね？」

「それは実際に観て判断して頂ければと思います。少なくとも私は適当にやったつもりはないです。ただ――魂はこもっていませんが」

どんな気乗りしない仕事だろうと、プロとして放送に耐えうる映像を仕上げることはできる。だが人間として映像に想いを込められるかどうかは別だ。演奏家にとって楽譜をなぞることと音を奏でることが違うように、小手先の技術では越えられない壁が存在する。

江ノ島デートの撮影日、志穂は社長に「二本の映像を作る」ことを提案した。

一つは当初の予定通り、同性カップルの日常を通して世間に理解を訴える映像。もう一つは予定から大きく外れた、実際に起こったことを流せる範囲で流す映像。その二種類をA案B案と名づけ、どちらを使うかは相手に任せる形で納品する。それがビジネスリスクを抑えつつ信念を曲げないため、志穂が考えた苦肉の策だった。

どちらかは絶対に採用されない映像を二本仕上げる労力について、志穂は気にしていなかった。正確には、山田に無理をさせることは気にしていたが、同意が取れていたので問題なかった。頑張ればいい。それだけの話だ。

ただ、社長に迷惑をかけることについてはふっ切れていなかった。クライアントに変な冒険心を見せれば今後の関係にも影響が出かねない。だから話を聞かなかったことにして、A案だけで進めろというのならば受け入れる。志穂は社長にそう語り、社長は笑いながらこう答えた。

B案だけでもいいよ。

「……すみません」

頭を下げる。社長が歳《とし》の割にぱっちりした目を見開いた。

「いきなりどうしたの？」

「わざわざ魂がこもっていないとか足して、本音を覗《のぞ》かせてしまったので」

「言われなくても、どっちが本命かぐらい分かってるって」

「それはそうでしょうけど……」

「あのね、志穂ちゃん。僕は責任を取ることが仕事で、その僕が責任取るから好きにやれって言ってるの。だから余計なこと考えないで、好きにしなさい」

頼もしい言葉を吐き、社長がテレビに向き直る。しかしうっとりと細められた目は画面ではなく、そのやや斜め上に向けられていた。記憶の奥底から、他人には見えないものを引き出して懐かしんでいる。

「僕も、昔は人の会社で志穂ちゃんみたいに働いてたんだけど」

しわがれた声に、コーヒーの香りが引き立てられた。

「会社で古株になるにつれて、だんだんと責任が重くなっていってさ。上が冒険しないから会社が成長しないとか、偉そうにしてた若い頃が恥ずかしくなったのね。そんでそれを、新人だった僕を育ててくれた昔の上司に言ったのよ。あの頃の自分は責任を取る人の大変さを考えてなかった。でも今はその甘さが分かる。成長した。そうしたら、その人はなんて言ったと思う？」

「やっと分かってくれたか、みたいな感じですか？」

「『そんなもんは成長じゃない！』って怒られた。若い時は若いやつの味方をして、歳を取ったら年寄りの味方をする。それはずっと自分の味方をしてるだけだって」

社長の視線が下がった。手元を見つめ、落ち着いた様子で語り続ける。

「年寄りになって年寄りの気持ちが分かるのは当たり前。年寄りになっても若い頃の気持ちを忘れないで、若いやつらのために踏ん張れるようになるのが成長だ。そう説教されて、その通りだと思った。だから僕は今もそれを実践しようと心がけてる。志穂ちゃんや山田くんたちが気持ちよく仕事できるよう、最後に責任を取る人間としてどっしり構えていようって」

椅子に座る志穂を見上げ、社長が気の抜けた笑顔を見せた。

「もちろん、それだって限界はあるけどね。何でもかんでも好き放題やっていいとは言わないよ。ただ今回は、志穂ちゃんがきちんと仁義を通した上で我も通そうとしてるのは分かるし、何より──僕は今まで、志穂ちゃんに迷惑をかけてきたからさ。罪滅ぼしみたいなもんだと思って、寄りかかってよ」

──そうなったら志穂ちゃんがどうにかしなさい。

山田に仕事を任せるのが不安だとこぼした時、社長は何かあったら志穂が責任を取ればいいと言った。思えば山田にプレイヤーとしての経験を積ませることで、志穂にマネージャーとしての心構えが芽生えることも期待していたのだろう。

責任は取るからやれるだけやってみろ。そういう余裕は、確かにずっと持てていなかった。社長はそんな志穂をリラックスさせようと踏み込んだコミュニケーションを取り、しかしそれが志穂の性質とびっくりするほどかみ合わず、社長自体がまた余裕をなくす原因となる悪循環に陥っていた。

とはいえ、社長がどんなつもりでも関係ない。わざとでも偶然でも足を踏まれたら痛いのだ。傷つけられたら怒る権利がある。

許せないなら、許さなくていい。

「私」両手を腿に乗せ、社長と向き合う。「ある人に、社長のコミュニケーションがセクハラじみていて困ると愚痴ったことがあるんです」

社長が頰《ほお》を引いた。そして怯《おび》えたように頰を強張らせる。

「その人は、許せないなら許さなくていいと言い、私はその言葉に共感しました。許せない人がたくさんいたからです。有名俳優に会わせてあげると言って口説いてきた芸能事務所のマネージャー。自分が企画を二転三転させているのを棚に上げて『女は呑《の》み込《こ》みが悪い』と言ってきたネット動画のプロデューサー。新人だった頃、打ち合わせの食事会で『若い女なのにサラダを取り分けなかった』ことを理由にアシスタント変更を打診された時は、クライアントを殴ってそのまま会社を辞めようと思いました。今でもそいつは許していませんし、これから許す気もありません。そんな許せない相手が、両手両足の指でも数えきれないほど私には存在します」

忘れた方が楽。許した方が健全。そんなことは分かっている。分かっていても忘れられないし許せないことを、他人からとやかく言われる筋合いはない。誰を許さないかは自分で決める。

誰を許すかを、自分で決めるように。

「でも——社長は許します。次は分かりませんけど」

優しく微笑《ほほえ》む。社長が強張っていた頰をゆるめ、しみじみと呟《つぶや》いた。

「苦労してるんだねえ」

「社長ほどではないです」

「そう言ってくれると助かるよ」

リビングのドアの向こうから、誰かが階段を下りて来る音が聞こえた。山田。二人きりの会話の終わりを察した社長が、穏やかに締める。

「頑張ってね」

ドアが開く。志穂は大きく首を縦に振った。

「はい」

※

山田と共に春日たちのマンションに着き、共用玄関のインターホンを使って部屋にコールをかけると、春日ではなく長谷川の方が応対してきた。

いつもは春日なので少し戸惑う。そのまま部屋に向かって中に入っても、リビングに春日の姿はなく長谷川が一人でソファに座っているだけだった。今日は日曜日だから仕事はないはずだ。志穂はソファでスマホを弄《いじ》っている長谷川に近寄り、おそるおそる声をかけた。

「春日さんはどちらに？」

「あの人に会いにいってますよ。なんだっけ、前に講演を聞きにいった……」

「片桐さんですか？」

「それ。そんでさっき連絡来たんですけど、そろそろ家に着くそうです」

スマホから目を逸《そ》らさずに答えられる。素っ気ない態度。これで今日の撮影を満足に終えることができるのだろうかと、志穂は密《ひそ》かに不安になる。だがそのすぐ後、長谷川がスマホをソファに置いて志穂に話しかけてきた。

「今日は俺と佑馬でそれぞれインタビューを撮るんですよね」

「はい」

「どこで、どうやって撮るつもりですか？」

「以前インタビューした時のようにソファに座って頂き、一人ずつお話を聞かせてもらえればと思っています」

「俺のインタビューの間、佑馬を遠ざけてもらうことってできます？」

志穂の返事が止まった。長谷川が言葉を付け足す。

「あいつに聞かれたくないんですよ。だから聞こえないところにいてもらいたい。寝室とか廊下ぐらいじゃあ聞こえると思うんで、玄関から外に出といてもらうぐらいのイメージですね。できます？」

「春日さんが同意してくれれば、私としては問題ありませんが……」

「聞かれてたら、喋《しゃべ》れない気がするんです」

バツが悪そうに目線を逸らし、長谷川が頼み事の理由を語り始めた。

「あいつが聞いてることを意識したら、俺は本音を隠すと思うんです。そういう人間なんで。でも今日はそれじゃダメじゃないですか。だから——お願いします」

長谷川が軽く頭を下げ、上目づかいに志穂を窺《うかが》った。いつもの捉えどころのない様子からは想像しにくい、頼りなく揺れる瞳がその心情を志穂に伝える。

不安なのだ。

自分が長谷川からちゃんと話を聞けるか不安になっていたように、長谷川も志穂にちゃんと話をできるか不安になっている。素っ気ない態度は緊張の現れ。初めて会った時のそれとは意味が違う。

「――私も、頼んでいいでしょうか」

まだお互いに不安を抱いている。最終日にしてやっと向き合えただけで、心を通わせることに成功したわけではない。それは、これからだ。

「今日の撮影は一人でやらせて下さい。カメラマンも私がやります」

志穂の後ろで、山田が「え⁉」と声を上げた。

「私は、撮影のために春日さんや長谷川さんに語ってもらうのではなく、春日さんや長谷川さんが語っているところを撮影したいんです。そのためには一対一で話した方がいいと私は思います。いかがでしょう」

腹の底から声を出す。長谷川が志穂の後ろにいる山田に話しかけた。

「山ちゃんはいいの？」

「……いいっす。こういう時の志穂さん、人の言うこと聞かないし」

「ごめん」

山田に向かって謝る。山田はへらへらと笑いながら応えた。

「だからいいですって。ただ撮った後は手伝いますからね」

「分かってる。何徹かさせるかもしれないけど、覚悟しといて」

「いや、そこまでは要らないっすけど……」

山田がぼやいた。そんな山田を見て、長谷川が楽しそうに笑う。

「いいペアですね」

「どういたしまして」

「分かりました。俺は一対一でいいです。あいつもたぶん――」

玄関のドアの開く音が聞こえた。音に反応して全員が玄関の方を向く。山田が不敵な笑みを浮かべ、気取ったように呟いた。

「噂《うわさ》をすれば、っすね」

リビングのドアが開く。志穂は自分を奮い立たせるように両手を握りしめる。100日目。どうすればいいかは分からない。だけどどうしたいかは、一片の迷いもなく決まっていた。

⁂

「なるほどねえ」

ホットのカフェモカが注がれた白い陶器のカップに口をつけ、片桐がしみじみと呟いた。休日の喫茶店は人も雑音も多いのに、片桐の声はよく通る。実直な性格がこういう声質を生んだのか。あるいは、こういう声質が実直な性格を生んだのか。置かれている状況から逃げるように、佑馬はそんな他愛《たあい》もないことを考える。

「昔から、どうでもいいことは慎重なのに、大切なことは大胆だよね」

そうかもしれない。家族にも、友人にも、恋人にも、似たようなことを言われたことがある。臆病なのだ。壊してしまうのが怖くて、宝物には触れない。

「それで」また一口、片桐がカフェモカを飲んだ。「『どうしても話したいこと』はおしまい？」

LINEで送った言葉を、口頭で再現される。終わりではない。佑馬はチノパン越しに自分の腿をつかみ、額をテーブルにつける勢いで深々と頭を下げた。

「すみませんでした」

別に、会う必要はなかったのかもしれない。

それでも会って謝りたいと思った。だから『どうしても話したいことがある』と片桐を呼び出して喫茶店に入り、今日までの全てを話した。それはエゴだ。自分にとって都合の良い形で謝罪を済ませたいというエゴ。そんな勝手を誠実さと勘違いするほど、佑馬は若くも幼くもない。

謝りたいから謝った。誰のためでもない、自分のための謝罪。だからどんな反応が返ってきても構わない。構わないはずなのに——やはり、息苦しい。

「今さら、謝られてもねえ」

億劫《おっくう》そうな声が、佑馬の耳に届く。顔を上げると、片桐は左手でテーブルに頰杖《ほおづえ》をついて佑馬を眺めていた。そして魔法使いが呪文を使うようにピッと右のひとさし指を立て、その先端を佑馬に向ける。

「佑馬くんは『どうして私が怒ってるか分かる？』って質問、どう思う？」

「……いきなりどうしたんですか？」

「そういう質問しようと思ったから、先に印象を聞いておこうと思って」

片桐の右手が下がった。そして問いへの返事を待たずに語りを重ねる。

「私はそういうの、めんどくさいって思っちゃうんだよね。分からないけど言えば対応するから言え、みたいな。だからそういうことは他人に聞かないようにしてたんだけど、今日は封印を解除するわ」

「……怒ってるんですか？」

「うん。どうして私が怒ってるか分かる？」

予告通りの質問がきた。佑馬は声をひそめ、探り探り答える。

「嘘《うそ》ついてドキュメンタリーの撮影を引き受けたから」

「ハズレ」

「最後まで嘘をつき通さなかったから」

「ハズレ」

「……応援してるのに別れたから？」

「そんなわけないでしょ。他人が別れて怒るって、どんだけ自己中なの」

でも片桐さん、そういうとこあるじゃないですか。そんなフランクな混ぜっ返しを呑《の》み込《こ》む。片桐が頬杖を外し、丸まっていた背中を伸ばした。

「もう少し前に言えたよね」

硬いトーンの声が、佑馬の鼓膜を鋭く貫いた。

「少なくとも樹くんと別れ話をした後なら言えた。なのに、これから最後の撮影をしようってところでようやく。その理由がね、何となく分かるの」

片桐がカフェラテのカップに右手を伸ばした。カップの持ち手に指を絡め、だけど持ち上げることはなく止まる。

「あと一段で完成するトランプタワーを見せられて、これを崩してやろうって気は起きにくい。ゴールが近ければ近いほど、もったいないって心理が働く。そういう効果を狙ったんでしょ。だから最後の最後、今日まで引っ張った」

その通りだ。そして、そんなことを気にするということは――

「つまり佑馬くんは、私がタワーを崩すかもしれないと思った。こんなものは認めない、作り直せって。それがね、ムカつくの。私は別に自分のこと性格いいとは思ってないけど、そこまで根性曲がってもいないから。あまり馬鹿にしないで」

片桐がカップを持ち上げた。そんなつもりはありません。馬鹿になんてしていません。――そうじゃない。ここは、こうだ。

「申し訳ありません」

片桐がカップをソーサーに戻した。そして薄紅色のルージュを引いた唇を、柔らかくほころばせる。

「いいよ。本当は、全部終わる前に教えてくれただけで十分嬉《うれ》しい」

佑馬たちの座席の横を、若い女性たちが通りすぎた。黄色い声の雑談が数秒間、佑馬と片桐から言葉を奪う。やがて女性たちが去った後、片桐が視線を横に流し、らしくない頼りない声を沈黙に重ねた。

「子ども、作ることにした」

あなたは明かした。だから私も明かす。翳《かげ》りを帯びた顔つきで、片桐が語りたくない話を語り出す。

「これで最後にしようぐらいの勢いで真希とぶつかって、お互い泣きながら喧嘩《けんか》してたら、隣の人からうるさいって突撃されたの。それを片付けて落ち着いてから真希を見たら、泣きまくったせいで顔がつぶれて信じられないぐらいブサイクでさ。笑っちゃって、そのまま一緒に寝たんだ。それから起きて、隣で寝てる真希を見てたら、なんか、いいかなって思った」

片桐が右耳のフープピアスを撫《な》でた。不安を誤魔化《ごまか》すような仕草に、抱えている葛藤が見える。

「意味分かんないよね。私も分かんないもん。なんでそうなるんだかって感じ」

「人間だからですよ」

迷いなく、言い切る。

片桐が口を閉じ、佑馬と目を合わせた。心の内側を覗こうとする視線を受け、佑馬は真摯な顔つきを片桐に向ける。言葉遊びにも捉えられかねない台詞《せりふ》を、言葉遊びではないと態度で伝える。

子どもを作るか作らないかで揉《も》めるなんて、男女の恋人にだって普通にある。自分たちは人間だ。迷うのも、間違えるのも、不安定なのも、全部——

「僕たちが、人間だからです」

繰り返す。片桐が細く息を吐き、小さな声で呟いた。

「前に会った時、活動やめるかもって言ったじゃない」

パブで交わした会話が、記憶の中から引きずり出された。あの時の片桐のどこか投げやりな様子も合わせて。

「あれは別れたらって話だったからそもそも無効なんだけど、改めて言っておく。やめない。だって、社会にまだちゃんと伝わってないもの」

少し溜《た》めた後、片桐が微笑みを浮かべ、先ほどの佑馬の言葉を繰り返した。

「私たちが、人間だってこと」

いいと思います。そんな偉そうな言葉が佑馬の頭に浮かんだ。だけど言わず、今一番に伝えるべき言葉を飾らず口にする。

「応援してます」

※

マンションの最寄り駅に下りてすぐ、樹から『来てるぞ』とメッセージが届いた。

誰がどこに来てるんだよと、雑な文面に苦笑いがこぼれる。『もう駅だから少し待ってもらって』と打ち返し、四文字の返事に十五文字も費やしたことに軽い敗北感を覚えた。だけど気分は悪くなく、足取りは軽い。

マンションに着き、部屋に入る。樹の言っていた通り、リビングには樹だけではなく茅野と山田が待機していた。佑馬は茅野に歩み寄り、軽く頭を下げる。

「すみません。遅くなりました」

「いえ。我々も今来たところですので」

「なら良かった。じゃあグダグダしていても仕方ないし、やりましょうか」

「んじゃ、俺ら外出てるんで」

樹がソファから立ち上がり、玄関に続くドアに向かって歩き出した。さらに山田も樹の後についていく。唐突な行動に佑馬は戸惑い、今まさにリビングから出ていこうとしている樹に慌てて声をかけた。

「どこ行くんだよ」

「外。インタビュー聞きたくねえから」

「はあ？」

「長谷川さん、さすがにそれは伝わらないっすよ」

山田が割って入ってきた。そして樹と佑馬を交互に見やる。

「長谷川さんの希望で、二人のどっちかがインタビューされてる時、もう片方は外に出ることになったんすよ。まあ理由は長谷川さんがインタビュー聞かれたくないからなんで、春日さんの時は動かなくていい気もしますけど……」

「やだよ。俺だけ聞くの気分悪いし。どうしても聞いて欲しいって言うなら聞いてやってもいいけど」

樹がぶっきらぼうに言い放った。カチンと来る言い方に、佑馬の語気も荒くなる。

「要らねえよ。さっさと出ていけ」

「おう。じゃあな。終わったら呼びに来てくれや」

樹がリビングから出ていった。山田も佑馬を窺いつつ、樹を追っていなくなる。茅野が、いつもは山田が担いでいるカメラを担いで声をかけてきた。

「では、始めましょう。そこのソファに座ってもらえますか？」

「いいですけど、茅野さんがカメラマンやるんですか？」

「はい。こちらは私の要望です。話しやすい環境を作りたいので、インタビューは一対一で行わせていただきます」

茅野がソファの前に屈《かが》んだ。カメラを構える茅野の姿に違和感を覚えつつ、まずは言われた通りソファに座る。

「よし、動いた」

「重そうですけど、大丈夫ですか？」

「大丈夫ですよ。これでも新人の頃はカメラマンもやっていましたから」

答えるや否や、茅野がぐらりとバランスを崩した。そのまま転びそうになるが持ち直し、何事もなかったかのように元の姿勢に戻る。

「……僕は別に二人いてもいいですよ」

「でも一人の方が圧は少ないでしょう？」

「それはそうですけど、そのせいでいい画が撮れなかったら本末転倒ですし」

「そんなことはないです。一番大事なのは言葉ですから。表情や仕草も重要ですが、それを綺麗に撮ろうとすることが思考をほんの少しでも邪魔するならば、私は切り捨てていいと思っています。それぐらい今は言葉が大事です。それに――」

茅野が黙った。そしてしばらく待ってから、続きを語り出す。

「私は一対一で春日さんと話がしたいんです。一人の人間として、一人の人間と真正面から向き合いたい。本当にやりたいのは撮影ではなく対話なんです」

「なら、いっそカメラ抜きでもいいのでは？」

「撮影しなくていいわけでもありませんから。タレントさんならともかく、春日さんは一回語ったことをもう一回カメラの前で語ってくれと言われても、力のある言葉は放てないでしょう？」

「確かに」

語るだけなら、むしろ一回目より二回目の方が流暢《りゅうちょう》かもしれない。だけど耳当たりが良くなった分、一回目に込められていたパワーは間違いなく失われる。

綺麗な映像を残すことが目的ならば、リハーサルを重ねて語りが流暢になるのは美徳なのだろう。だけど今日の茅野の目的は違う。やりたいのは撮影ではなく対話。そんな職務を見失っていると言われてもおかしくなさそうなことを、平然と言ってのけている。

「茅野さん、変わりましたね」

「どの辺りがですか？」

「映像より言葉が大事というのはともかく、やりたいのは撮影ではなく対話だというのは、僕と出会った頃の茅野さんだったら言わなかった気がします」

「それは、そうですね。仕事に私情を挟んでいるようなものですから、少し前の私なら後ろめたくて隠したでしょう」

後ろめたさを感じていないわけではないと伝えるように、茅野の声量が下がった。だけどすぐ、そんなものを感じている暇はないと伝えるように大きく跳ねる。

「ただ、気づいたんです。人のやることに感情を乗せないのは不可能だって。どう足掻いたって仕事に私情は挟まれる。だったら、私情を挟んでもいいですかと許可を取ってやればいい。そう思いました」

感情を乗せないのは無理。ならば許可を取って乗せればいい。——無茶苦茶《むちゃくちゃ》な理屈だ。だけど、嫌いではない。

「僕は、今の茅野さんの方が好きですね」

「ありがとうございます。ところで、そろそろいいですか？」

「はい。心の準備はできています」

「分かりました。では、よろしくお願いします」

茅野がカメラを構え直した。佑馬は咳払いをして喉を通し、腿に手を乗せて姿勢を正す。何を言うべきか、ずっと考えてきた。第一声はもう決まっている。

「申し訳ありません」

頭を下げる。今日は謝ってばかりだな。そんなことを考えながら、ゆっくりと上体を起こしてカメラを見据える。

「僕、春日佑馬と長谷川樹は、このドキュメンタリーの撮影が始まった時、既に交際関係にはありませんでした」

※

交際関係というものを、どう捉えるかという話ではありますけどね。同居はしていたので。ただ、心は通じ合っていなかった。それは間違いありません。

まずは、そうなった経緯から話しましょうか。

別のインタビューでも語りましたが、僕たちは、家賃を払えず住まいを追い出されそうになった樹を、僕が自宅に招き入れる形で同居を始めました。それで、そんなことになるようなやつなんで、ちゃらんぽらんなんですよ。あの時はオープンゲイだから職場でも色々あるみたいな話をして、それも嘘ではないんですけど、それとは別に好き好んでその日暮らしの適当な生き方をしているというのもありました。


――難しい質問ですね。

同居したての頃は、それも愛嬌《あいきょう》ぐらいに思っていたはずです。そうでなければ同居しませんから。ただ、そういう風に思っていたはずの自分を、今はあまり思い出せない。時間が経《た》つにつれて、樹のそういう面をマイナスとして捉えるようになり、まるで最初から苦手だったかのように思い込んでいる。そんな節があります。


――いえ、迷惑だったとか、そういうことではないんです。すぐ辞めるだけで趣味に使う分ぐらいは稼いでいたし、家事は全て任せていたから僕としてはむしろ楽でした。樹が働いている間は家事が分担になるから、面倒に思っていたぐらいです。なのに受け入れられなくなった理由は――たぶん、嫉妬だと思います。

自由に生きる樹に嫉妬していた。やりたいことだけをやっているように見えて、お前も少しは苦労しろよと思ってしまった。勝手な話ですよね。他人の苦労なんて分からない。それに樹が羨ましいなら、僕もそうすればいいだけなのに。

とにかくそうやって、僕は樹を認められなくなっていきました。そして樹の生き方を変えたいと願うようにもなりました。そんな中、僕たちの住んでいる市にパートナーシップ宣誓制度が導入されることになって、チャンスだと思ったんです。パートナーシップの宣誓をして、公に認められる関係になれば、樹もそれに相応《ふさわ》しい人間になろうと思ってくれる。そんな浅はかなことを考えていました。

そしてパートナーシップの宣誓をしに行ったら、たまたまローカルテレビが取材に入っていて、インタビューをさせてくれないかと聞かれました。そしてテレビに流れたインタビューが切り取られて、SNSで火がついて、僕たちはちょっとした有名人になりました。僕の狙いを遥《はる》かに超えた外圧が発生したんです。

でも、よく考えたら当たり前なんですけど、外圧の影響を強く受けるのは樹より僕なんですよね。僕は外圧によって人が変わることを望んでいた。それはつまり、人は外圧で変わるという考え方を自然に受け入れているということなんだから。

インタビュー動画を知った知人から声をかけられ、そのうち外出時に知らない人にも呼び止められるようになって、僕はより「しっかりしなくては」と思うようになりました。世間に大々的に認められ、祝福されるのに相応しい恋人たちにならなくてはいけない。そういう考えが、日に日に強くなっていきました。

樹も同じように影響を受けてくれれば良かったんですけど、そんなことはなく、ちゃらんぽらんなままでした。だからただ僕から樹への当たりだけが強くなっていきました。そのうち樹がまた仕事を辞めて、僕は最後通告を突きつけたんです。早く次の仕事を探せ。そして半年続けろ。それができなかったら出ていってもらうと。通告を受けた樹は次の仕事を探し、そして、一ヵ月で辞めました。

辞めた理由は、十分に情状酌量の余地があるものでした。だけど樹はその時、それを僕に話しませんでした。約束を守れなかったのは確かだから、言い訳までして固執するような関係でもないと思われていたのでしょう。僕はそんな樹を頭ごなしに怒鳴り、いよいよ離別は免れないという状況の中で、このドキュメンタリーの話が届きました。

僕がその話を受けた理由は、ここまで聞けば何となく分かりますよね。

——そうです。パートナーシップ宣誓を行った理由と同じです。そういう風に振る舞えばそうなると思った。そうならないことは僕たちが破綻している現実が証明しているのに、また同じ方法に手を伸ばしてしまいました。

セクシャル・マイノリティの理解を向上させたい。応援してくれている人に応えたい。そういう想いが全くなかったわけではありません。だけどそれよりもずっと大きな想いがあった。僕はただ、本当にただ、樹と別れたくなかっただけなんです。

——分かりません。

分かりませんよ。人を好きになるって、そういうものじゃないですか。どこが好きとか、そんな簡単に説明できるものじゃない。何度もぶつかって、どうしようもないやつだと思って、それでも一緒にいたかったんです。あと少しで読み終わる本のエンドマークを恐れるように、僕たちの物語が終わってしまうことを恐れた。だからドキュメンタリーの撮影で物語を強引に継ぎ足した。そんな感覚です。

だけど継ぎ足された物語は、僕の望むようには進みませんでした。もうエンドマークは避けられない。その現実を受け入れた時、僕はせめて自分の手でそのマークを記したいと思いました。それが、このインタビューです。

僕たちは今日、終わります。

樹はもう新居に自分の荷物を移し終わっています。あとは身体が動くだけ。どう転んでも今日が最終日。その覚悟で、僕も樹も撮影に臨んでいます。

僕が無駄に足掻いたせいで、周りを散々引っかき回してしまいました。今はまだ撮影中だから、このインタビューに辿《たど》り着《つ》くまでにどういう映像が流れているかは分かりません。もしかしたら、ここまでドキュメンタリーを観ていた方たちは、裏切られたと怒っているかもしれません。だから最初に謝罪から入らせて頂きました。でも一つだけ、分かって下さい。

僕のような人間は、どこにでもいます。

セクシャル・マイノリティがどこにでもいるという意味ではありません。結婚したら上手《うま》くいくかもしれない。子どもが生まれたら上手くいくかもしれない。そんな浅はかな考えで動いて、失敗したり成功したりする。そういう人たちが世の中には数えきれないほどいて、僕もその一人に過ぎないということです。

だから、僕たちが上手くいかなかったからといって、僕たちのような人間のための制度が必要ないというのは違います。

特別だから守らなきゃいけないわけじゃない。特別じゃないから、当たり前のことをやらせて欲しい。パートナーシップや同性婚ってそういう話なんです。同性愛なんて綺麗でも何でもない。人を愛することが綺麗なわけないじゃないですか。どろどろしてますよ。異性愛と同じように。

こういう話をここですることについて、僕はずっと悩んでいました。これは僕という人間を分かってもらうためのインタビューだから、社会的な話より個人的な話にフォーカスした方がいいんじゃないかと。だけど結局は言うことにしました。言わなきゃいけないと思ったからではありません。言いたいと思ったからです。

別れ話をした時、樹は「お前のためなら無理できた」と言ってくれました。だからパートナーシップの宣誓をしたり、ドキュメンタリーの話を受けたりしたと。でもドキュメンタリーは僕のためのものじゃなくて、僕たちのような人間のためのものだから、それは他人のための無理ということで、できなかったそうです。

でも僕は、その他人のための無理が好きみたいです。大学生の時にＬＧＢＴサークルに入っていたからなのか、生まれ持っての性格なのかは分かりません。ただ仲間のために頑張るのが好きなのは、どうにも間違いなさそうです。

――優しいわけじゃありませんよ。弱いんです。

お前は誰かの役に立っている。だから生きていていい。そう言ってくれるものがないと、まともに歩くことができない。樹は強いやつだから、それがなくても大丈夫なんでしょう。自分の背骨を頼りにして、自分の足で立つことができる。

顔も知らない誰かのために無理をしたい僕と、目の前の相手のためにしか無理をしたくない樹。そんな二人が上手くいくはずはありません。やっていくためにはどちらかが自分を曲げないといけない。でも樹が曲げるわけないし――残念だけど、僕も曲げたくないんですね。弱いくせに頑固なんです。

だからこの結末にも、今は納得しています。パートナーシップの宣誓をしなければ良かった。役所でインタビューを受けなければ良かった。仕事を辞めた樹を怒らなければ良かった。ドキュメンタリーの話を断れば良かった。そんなことを考えた時もありました。でも今は違う。根幹が嚙《か》み合《あ》ってないいんだから、どのルートを辿ってもいずれはきっとこうなった。だから仕方ないと思えています。

——それは、考えたことなかったですね。

でも、そうですね。そもそも付き合わなければ良かった。どこかに後悔するポイントがあるとしたら、一番はそこなのかもしれない。

ただ——

もし、僕が今の記憶を持ったまま樹と出会う前にタイムスリップしたとして、やっぱり付き合ってしまうと思うんですよね。

それで、今度は間違えないように四苦八苦しながら、そのうち根っこが嚙み合っていないことを改めて悟って、今みたいに別れると思うんです。

何度繰り返しても、何度やり直しても、きっと同じようになります。

馬鹿みたいですけど。

※

リビングを出て、廊下を歩き玄関に向かう。

距離にして数メートル、時間にして数秒の道のりを、佑馬はやけに長く感じた。玄関のドアも鋼鉄でできているのではと錯覚しそうなほどに重たい。為《な》すべきことは全て終わったのに、もうどうしようもないのに、まだ恐れている。そんな自分自身の矮小《わいしょう》さに、呆《あき》れを通り越して愛《いと》おしさを覚える。

外に出る。マンションの壁に寄りかかっていた樹と山田が、同時に佑馬の方を向いた。佑馬は二人に歩み寄って樹に声をかける。

「お前の番」

「りょーかい」

樹が部屋に入り、佑馬は樹に代わって山田の隣に立つ。山田が顎を引き、探るように佑馬に話しかけてきた。

「どうでした？」

「どうって言われても……後で確認してもらえれば分かるよ」

「そうっすか」

山田がスマホを弄り始めた。佑馬も同じように、山田から目を離して自分のスマホと向き合う。気まずさを感じながら、ただ時間をやり過ごすため、右手の親指をディスプレイに走らせる。

隣の部屋のドアが開き、パンプスを履いた若い女性が中から現れた。壁を背に並ぶ男二人を前にして、女性が怪訝《けげん》そうに眉をひそめる。そして逃げるようにエレベーターに向かい、テンポの速いヒール音がコツコツと人気《ひとけ》のない廊下に響いた。

「お隣さん、めっちゃ怪しんでましたね」

スマホを弄る手を止め、山田が呟きをこぼした。佑馬はその呟きを拾う。

「怪しいからね」

「隣のやつだって分かってないんすかね」

「分かってないんじゃないかな。僕も顔を見たのは二回目ぐらいだから」

「挨拶とかしなかったんすか？」

「今時そんなことしないよ」

「オレはやりましたよ。アパートの部屋全部回ったっす。大家に回れって言われたからっすけど」

話を聞きながら、一度だけ訪れた山田のアパートを思い返す。あのアパートならそういうこともあるかもしれない。

「安いんで、住んでるやつのバリエーションも豊かなんすよね。聞いたことない国の外国人とかもいて、ザ・多様性って感じ」

「多様性ねえ」

「つっても、全員と仲良くするのは無理っすけどね。やっぱ合う合わないはあるじゃないっすか」

「そうだね」

「オレ、春日さんのこと、ぶっちゃけ苦手でした」

山田の視線が、大きく下がった。

コンクリートの床を見つめて、山田が黙りこくる。そうなるならわざわざ言うなと思いつつ、佑馬も黙って山田の動向を見守る。やがて山田が頬を掻《か》き、俯《うつむ》いたまま床に向かって語り出した。

「住む世界が違うと思ってたんすよね。育ち良さそー、いけ好かねー、みたいな。別に春日さん悪くなくて、単にオレの性格が悪いだけなんすけど……すんません」

山田がさらに頭を下げた。元から下を向いているのであまり謝られた感じはしないが、謝って欲しいとも思っていないので別に構わない。それに——

「いいよ。俺も山田くんのこと、合わないと思ってたから」

山田が「そうっすよね」と乾いた笑みを浮かべた。そしてデニムのポケットに手を入れ、壁に背をつけて中空を見上げる。

「こんだけ一緒にいて、オレら、まともに話したことほとんどないっすもんね」

「茅野さんと樹もほとんど話してないけどね」

「そうっすね。オレと長谷川さん、志穂さんと春日さんって感じでした」

遠い目をして、山田が自分自身に問うように呟きをこぼした。

「多様性を認めるって、どういうことなんすかね」

山田の眉間にはしわが寄っていた。不愉快なのではない。考えている。

「色んな人間がいて、話しやすいやつと話しにくいやつがいて、それってもうどうしようもないじゃないっすか。そういうの我慢して、話しにくいやつとも話す。そうしろってことなんすかね」

山田らしくない真面目な話。ドキュメンタリーの撮影を通して、思うところがあったのだろう。

その手の話題には鈍感なタイプの若者で、佑馬は山田のそういうところが苦手だったのだが、それが僅かながら変わろうとしている。

——世界を変えるような映像を、一緒に作り上げましょう。

とりあえず一人、変わったかもしれない。佑馬はなるたけ優しい声を作り、山田と同じように虚空に向かって語りかけた。

「世界が多様なのは、単なる事実だよ」

山田が振り向いた。佑馬は横目で山田を見て、また斜め上に視線を戻す。

「地球が回っているのと同じで、ただそうなってるってだけの話。それで、現代では地動説が正しいってことになってるけど、昔は違ったろ。天動説の方が正しい扱いされていて、教科書や物語や色々なものがその前提で作られていた。だけど地動説の正しさが認められて、社会の常識も変わっていった」

誰が認めなくても、世界は多様なのだ。それは何をしたって変えられない。変えられるものがあるとしたら、そういう世界をどう認識するかだけ。

「そういうことだと思うよ。地球が回っているのを認めるように、世界が多様なのを認める。仲良くするとか、優しくするとか、そういうのはその先の話だ」

分かったかな。そう問いかける視線を山田に送る。山田が腕を組み、首を傾《かし》げながら口を開いた。

「上手く言えないっすけど」正直な前置き。「いけ好かないやつもちゃんと生きてることは、忘れないようにしようと思いました」

素朴すぎるまとめに、佑馬は「それでいいよ」と答えた。いきなり求めすぎるのは良くない。それに、中学生が道徳のビデオを観た時の感想のようだからといって、それが芯を捉えていないとは限らない。シンプルな言葉にこそ、大切なものが潜んでいたりする。

佑馬の部屋のドアが、ゆっくりと開いた。

開いたドアから樹が現れる。その表情は、いつもとさして変わらない仏頂面。樹が左手でドアを押さえたまま、右手の親指で室内を指さした。

「終わったぞ」

そうか。終わったか。佑馬は壁から背を離し、足を踏み出しながら答えた。

「今行く」

⁂

インタビューの撮影後、樹が茅野たちに手料理を振る舞うことになった。

食べたいものを尋ねたら山田が「唐揚げ!」と即答したので、メインディッシュは唐揚げになった。樹が山田の部屋を間借りしていた時に何度か作ってもらい、すっかりハマってしまったそうだ。食事中、唐揚げを頬張りながら「引っ越すならうち来てメシ作ってくださいよ」と言う山田に、樹は笑いながら「ヤダよ」と答えた。佑馬はそれが予定調和の冗談であると理解しつつ、山田がきちんと断られたことに内心でホッとしていた。

食事の後は、しばらく雑談をした。イデオロギーを語るわけでも、ドキュメンタリーに託す想いを語るわけでもない、本当にただの雑談。茅野からこのマンションの近くに美味《おい》しいタイ料理屋があることを聞いた。山田から上映中の子ども向けアニメ映画がやたら深くて面白いことを聞いた。樹から次に住む部屋のボロさ加減とその近所の治安の悪さを聞き、佑馬はアクアリウムに新しく入れようと思っている水草のことを話した。目的のない会話は心地よく、何を成し遂げたわけでもないのに、茅野が「そろそろお暇《いとま》します」と立ち上がった時には不思議な達成感を覚えていた。

茅野たちの身支度が整うのを待ってから、全員で玄関に向かう。やがて靴を履いて土間に立った茅野が、佑馬たちに向かって「色々とありがとうございました」と頭を下げた。隣の山田も同じように頭を下げて佑馬たちに謝意を示す。

「こちらで動きがありましたら、またお二人に連絡させて頂きますので、ご対応のほどよろしくお願いいたします」

「分かりました」

「俺はいいかな。素材は提供したし、後は好きにして下さい」

樹がぞんざいな言葉を放った。そして一言、小声で付け加える。

「信じてるんで」

茅野の口角が上がった。佑馬と樹を交互に見やり、胸を張る。

「お二人と知り合うことができて、本当に良かったと思っています」

「あ、それはオレもっす」

山田が口を挟んだ。そこは託して黙るところだろうと、最後まで変わらない空気の読めなさに佑馬は苦笑いを浮かべる。茅野が呆れたように山田を見やりつつ、玄関のドアノブに手をかけた。

「それでは、また」

ドアを開け、茅野と山田が出ていく。佑馬と樹はリビングに戻り、まずは食事の後片付けをした。片付けを終えると樹はソファに寝転がり、テレビを観ながらスマホを弄り出す。

本当に今日、出ていくのだろうか。もしかしたら、今日はここにいるつもりなんじゃないだろうか。いつもと変わらない素振りの樹から目を離せず、佑馬もリビングに居座ることにした。ビーズクッションに座り、全く興味のないバラエティ番組を一緒に観る。

だけどもちろん、そうはならない。

「んじゃ、そろそろ行くわ」

番組が終わり、樹が大きく伸びをしてソファから下りた。そして私物を詰め込んだキャンバス地の黒リュックを背負う。いよいよ本当に、最後の最後。離陸寸前の航空機のように、リビングから玄関に続くドアに半身を向けて待っている樹に、佑馬は座ったまま声をかけた。

「ちょっと待て」

這《は》ってテレビに近づく。テレビ台の収納スペースには、佑馬によって几帳面《きちょうめん》にファイリングされた書類が色々と並んでいる。部屋の契約書、家電の説明書と保証書、そして――パートナーシップ宣誓書のコピーと、宣誓書の受領証。

「これ、どっかに捨てといてくれ」

収納スペースから宣誓書のコピーを取り出し、樹につきつける。樹が露骨に眉をひそめた。

「役所に返すんじゃねえの？」

「受領証はな。でもこっちは残る。頼むよ。俺はこれ、どうしても処分できそうにないんだ」

「しなくていい」

強い否定が、佑馬から言葉を奪った。樹が決まり悪そうに視線を逸らす。

「処分したくなったら処分すればいい。処分できないなら、それはまだ必要ってことだろ。じゃあ持ってろよ」

「……いいのか？」

「なんか問題あるか？」

顔を伏せる。問題はない。どういうつもりか聞きたいだけだ。春日佑馬と長谷川樹の関係を、いったいどう捉えているのか。

「なあ」

薄い紙をつまむ指に、わずかに力を込める。

「もし、日本で同性婚ができて、俺たちが出したのが婚姻届だったとして」顔を上げる。「そうだったらお前は、まだ俺と一緒にいようって思ったか？」

きっぱりと諦めたはずなのに、その瞬間が近づくと足掻いてしまう。やり直したいわけではない。救われたいのだ。その程度には近づけていたのだと、自分で自分を納得させたい。

「……そうだな」

指を顎に当て、樹が考え込み始めた。下向きの唇から声が落ちる。

「たぶん」樹が顔を上げ、澄んだ瞳で佑馬を捉えた。「結婚しようって言われた時、断ってる」

パサッ。

パートナーシップ宣誓書のコピーが、ひらりと床に落ちて軽い音を立てた。佑馬は指を離してしまったことに気づき、だけど落としたそれを拾う気になれない。呆然《ぼうぜん》と樹の顔を見つめ、返答の真意を考える。

結婚していたらどうしたかという質問に、そもそも結婚していないと答えられた。仮定すらできないレベルでありえないのだろう。つまり――

最初から、ずっとここにいるつもりはなかったということ。

「……くくっ」

含み笑いがこぼれる。なんてことはない。要するに長谷川樹という人間が、そういうやつというだけなのだ。間違えたわけでも、足りなかったわけでも、合わなかったわけですらない。どこの誰が相手でも落ち着く気なんてさらさらなかった。それだけの話。

じゃあ、パートナーシップの宣誓も断れよ。ド阿呆《あほう》が。

「クズ」

シンプルな罵倒を浴びせる。樹がむっと眉根を寄せた。

「無理なものを無理って言ってんだから、誠実だろ」

「俺のためなら無理できるんじゃなかったのかよ」

「限度がある」

「クズ」

罵倒を繰り返し、佑馬は床からパートナーシップ宣誓書のコピーを拾い上げた。そして自分たちで綴《つづ》った名前を眺め、しみじみと呟く。

「でもそれなら、こんな宣誓しないで、最初から結婚を断られる方が良かったな。夢見ないで済んだし」

きちんと失敗できるのも、大事な権利だよな。そんなことを考える。佑馬は紙から目を離し、樹と向き合った。

「元気でな」

笑顔を作る。樹も目を細め、穏やかに笑い返した。

「じゃあな」

樹がリビングから出ていく。ドアが閉まり、姿が見えなくなり、玄関から出る音が耳に届く。右手でつまんでいる紙切れがやけに重たくて、どうしても動けなくて、佑馬は碇《いかり》を下ろした船のように、しばらくその場に立ちすくみ続けた。

※

目覚めてすぐ、部屋が広いと感じた。

背中を起こす。一人で眠るには大きすぎるベッドに、一人で眠っていた自分を改めて認識する。隣に寝ている人間がいないだけで、こんなにも違和感がある。いつか慣れる日が来るのだろうか。いつの間にか、二人で眠ることに慣れていたように。

ベッドから降り、洗面所に向かう。歯磨きと髭剃《ひげそ》りと洗顔を済ませ、アクアリウムの魚たちに餌をやり、食卓で自分の餌として買っておいたサンドイッチを頬張りながら、朝の情報番組の星占いのコーナーを眺める。今日一番ラッキーな星座として選ばれたのは、佑馬の星座でもある水瓶座《みずがめざ》だった。

「大きな決断をすると、良い結果が出ますよ！」

良い結果ってなんだよ。誰も聞いてやしないのに、声に出さず心の中で呟く。本気にしたらどうするんだ。気分は悪くないから、別にいいけれど。

しばらくぼうっとして、時間が来たらスーツに着替える。ビジネスバッグを手にリビングのドアを開けようとした時、ほとんど無意識に口が開いた。声までは無意識には出なかったが、勢いで言ってしまうことにする。

「行ってきます」

外に出る。マンションから徒歩で駅へ。駅から電車で別の駅へ。いつもの道程をいつものように進みながら、いつもとは全く違うことを考える。「大きな決断をすると良い結果が出ます」。小馬鹿にしたはずの星占いの結果を脳内で反芻《はんすう》する。

会社の最寄り駅に着いた。駅を離れるにつれてスーツ姿の集団がまばらになり、戦場に放り出されたような気分になる。やがて会社のビルに着く頃には、入社試験の時の方がマシだったと言い切れるほど、心臓が早鐘を打っていた。ビジネスバッグからストラップのついた社員証を取り出し、首にかけてビルに足を踏み入れる。

エレベーターの前で、若い女性から「おはようございます」と声をかけられた。仲の良い経理の社員。「おはようございます」と返事をして、ちょうど到着したエレベーターに一緒に乗り込む。

「ドキュメンタリーを撮ってるって聞いたんですけど、本当ですか？」

「本当ですよ。撮影はもう終わりましたけど」

「うちにも来て、撮影したんですよね」

「はい」

「いつ放送されるんですか？」

「分かりません。あとたぶん、会社は映りませんよ」

エレベーターが停《と》まった。

女性より先に廊下に出て、彼女の少し前を歩く。自分は話したくないけれど、気になるなら話しかけてくればいい。そういうメッセージを背中から放ち、何も聞かれないままオフィスに着く。

受付を抜けて自分のデスクへ。歩きながら自分の席のはす向かいに目をやると、バッグを持つ右手に自然と力がこもった。一歩一歩デスクに近寄りながら、朝の星占いを呪文のように暗唱する。

大きな決断をすると良い結果が出ます。

大きな決断をすると良い結果が出ます。

大きな決断をすると良い結果が出ます。

「おはようございます」

バッグをデスクに置き、挨拶を口にする。まず隣の同僚が「おはよー」と挨拶を返してきた。それから間を置かず、はす向かいのデスクから低い声が届く。

「おはよう」

いい声だな。素直にそう思う。一時は恋愛感情に近いものを覚えていた相手だ。声や顔のような生得的要素については、どうしても評価が甘くなってしまう。

「久保田さん」

声を絞り出す。久保田は「どうした？」と座ったまま応対してきた。佑馬は問いかけには応えず自分のデスクを離れ、八つのデスクで構成された島をぐるりと回って久保田の前に立つ。久保田が佑馬を見上げ、困惑したようにさっきとほとんど同じ言葉を再び放った。

「どうしたんだ？」

どうもしていない。やるべきことをやる。それだけだ。

「色々、考えました」

考えていた。平日も休日も、会社にいる時もいない時も、顔を合わせている時も合わせていない時も、ずっと考え続けていた。久保田慎也という人間を自分はどうするべきなのか、どうしたいのか、何度も何度も繰り返し問いかけていた。

「きっと、そんな大げさな悪意があったわけじゃない。友人の前で悪ぶって、酷《ひど》い言い方をしてしまった。そういう面がきっとある。だってそうじゃなきゃ、今日まで僕と一緒に仕事をできるわけがない。久保田さんから大切なことを学んだと、僕が思えているはずがない」

久保田の視線が、大きく泳いだ。察しがいい。そういうところが好きだった。

「でも」右の拳を固める。「あなたのせいで、僕たちはめちゃくちゃになった」

言いがかりだ。春日佑馬と長谷川樹の関係が壊れてしまったのは、双方の性質から来る当然の帰結。万事上手くいっていたものをたった一つのすれ違いが破壊したという、簡単で分かりやすい話ではない。

でも、それがどうした。

「許せないなら、許さなくていい」

久保田から伝えられた言葉を、久保田に向かって伝え返す。あの言葉をこの人から聞いていて良かった。あれがなければ、きっとこの拳は握れなかった。

「僕は——許しません」

大きく腕を振り上げる。久保田が驚きに目を見開く。やっちまえ。楽しそうに囃《はや》し立《た》てる樹の声が、鼓膜の内側からじんと響いた。

暑がりな熱帯魚

あ、もう話していいんですか。

スタートどうしようかな。思いつかねえ。参考にするんで、あいつはどうやって始めたか教えてくれません?

――謝罪?

今まで騙《だま》してすみません、ねえ。じゃあ俺はあいつの後に謝る感じにします。グダったり、ヤバいこと言ったりしたら、上手《うま》いこと編集してください。

じゃ、改めて。

どうも。長谷川樹です。えっと、先にあいつから聞いてると思いますが、俺ら本当は仲良くないのに、仲良いフリをしてドキュメンタリーの撮影を受けてました。騙す気は――あったな。とにかく、すみません。

まあ、俺は最初から乗り気じゃなかったんですけどね。あいつが撮りたいって言うから受け入れただけ。つってもOK出したのは確かなんで、それを言い訳にするつもりはないです。

――どうして、と言われても。

シンプルに情が残ってたってことなんじゃないですかね。ワガママに付き合ってやってもいいかなぐらいには思ってたんですよ。少なくとも、最初は。まあその後すぐがっつり後悔するんですけど。

——ああ。それ、よく言われます。

癖なんですよね。自分を客観視して、他人事《ひとごと》みたいに自分を語るの。常に頭の後ろにカメラがあって、そこから世界を見てる感じなんですよ。そうやって自分を守ろうとしてるんだって言われたこともあります。——いや、そんないいもんじゃないですよ。セフレのおっさん。親なんて今生きてるかどうかも知らないです。

——仲悪いっていうか、絡みたくないって感じですね。

俺、物心ついた頃にはもう母子家庭だったんですけど、なんつうか、おふくろが子ども産んじゃダメなタイプの人間なんですよ。俺がまだ赤ん坊の頃に弟か妹ができそうになって、その子が流産してそこから妊娠できなくなったらしいんですけど、もしずっと産めたらヤバいことになってたんじゃないかな。好き放題に男作って、好き放題に子ども作って、俺も、俺の後に生まれた子たちも、きっととんでもなく不幸になってたと思います。

——育児放棄《ネグレクト》ってやつかな。殴ったりとかは、連れてくる男の役割だったんで。

つっても俺が殴られてるの見てケラケラ笑ったりしてたんで、俺的には共犯みたいなもんですけどね。俺の前でも普通にセックスおっぱじめるし、その頃はそういうもんかって感じでしたけど、今はひどい環境だったと思います。俺が女ダメなの、もしかしたらそのせいなのかもしれません。たぶん違うんだろうけど。

——鋭いですね。そうですよ。作ってくれないから自分で作ったのが料理を始めたきっかけです。

好きじゃなきゃ作り続けませんし、性には合ってましたけど。

――それは、中学生ですね。

女が苦手だなってのはずっと何となくありました。でも男がいけるって確信したのは中二です。好きなやつができたんですよね。クラスメイトになったブラジル人と日本人のハーフ。顔の彫が深くて背の高い、いい男でした。

そいつ、学校に友達ほとんどいなくて、でも俺とはすげえ仲良かったんですよ。そういう言い回しはあまり好きじゃないけど、マイノリティ同士の連帯ってやつですかね。確かにハグレ者同士、ウマは合いました。

そんで中二でそいつと出会って、好きになって、中三になってもずっと友達やってました。悪いこともだいぶやったな。あいつも俺も周りの大人がロクでもなくて、常識がなかった。それは今もないか。

そうしたら、そいつが引っ越すことになったんですよ。タチの悪い借金取りから逃げるとかで。俺はそれを知って、そいつに自分の想《おも》いを伝えることにしました。最後にヤりたいとかじゃないです。ただ俺がそう思っていたことを知って欲しい。そういう気持ちで告白しました。

その時のあいつの顔が、もう、ほんとにすごくて。

目の前にゾンビや妖怪が飛び出してきたら、たぶんこういう顔をするんだろうなって感じの顔でした。俺のことがそういう風に見えているのがすぐに分かった。未《いま》だに人生であれ以上に強烈な顔には出会ってないです。今でも鮮明に覚えていますし、何なら、たまに夢に見ます。

俺がオープンゲイになったの、そこからなんですよね。無理なら無理って最初から知っておきたかった。仲良くなって、かけがえのない存在になって、カミングアウトして全部ひっくり返るのはもうイヤだと思った。性的指向って見た目で分からないけど、それも良《よ》し悪《あ》しですよね。広い目で見たら、分からない方が幸せなんだろうなとは思いますけど。

――いや、アピールするわけじゃないです。女の話題になったら「興味ない」って言うみたいな感じ。ちょうど中学卒業して働き始める頃だったんで、そこからそんな風にオープンにしました。

――あ、そうです。中卒。言ってませんでしたっけ。まあどうでもいいんで、気にしないでください。

そんでオープンにすると何が起こるかっていうと、仲間が寄ってくるんですよ。実は俺も、みたいな。俺が十代のガキだったってのもあるでしょうけどね。自分で言うのもアレですけど、かなりモテました。

そっから、そっちの世界にずぶずぶハマってくんですけど、とにかく楽だったんですよね。相手探して、ヤって、付き合ってんだか付き合ってないんだか分かんない感じになって、そいつとどうなるわけでもなくまた相手探して、みたいな。誰も細かいこと気にしないのが良かった。好き放題やってました。

で、そんな生き方をしていたら、ある日、マッチングアプリにやたら真面目そうな男からお誘いが届くわけです。

プロフ見た時点で「絶対合わない」って思いました。自己紹介がすげえ細かいんですよ。とりあえず返信したら世間話から好きな映画とか聞いてきて、もう、うわーって。いつもは「ヤりませんか」「いいですよ」みたいなのばっかだから、ギャップがすごかった。そういうの来やすいプロフにしてるんで。

まあでも、性格は合わなそうだけど見た目はタイプだったし、断る理由もねえなってことでアポ取りました。そんで会って、ラブホに行って、それから……なんて言えばいいのかな。そのままでいいか。

どう呼びかえても放送コードに引っかかりそうなんで、逆にストレートに言いますけど、俺、ちんこの周りに根性焼きの跡があるんですよ。ガキの時におふくろの男にやられたやつ。それを見られたんですね。ヤれば見られることもあるんで、それはどうでもいいんですけど、俺がガキの頃の話をした時のあいつの反応はだいぶびっくりしました。

泣いたんですよね、あいつ。

俺がかわいそうで泣いたらしいんですけど、正直、なんだこいつって思いました。泣いてくれて嬉《うれ》しいとか、同情されて腹立つとかじゃなくて、ひたすらビビった。俺にとっては本当に意味不明だったんです。大の男が他人のために泣く姿なんて、その日までテレビでしか見たことなかったから。

それから別れて、いつもなら引きずることもなく次行くんですけど、なんか引っかかったんですよね。いや、普通に次には行ったんですけど、行ってる間もあいつの顔がちらつくっていうか。そのうちにあいつからまた連絡があって、やたら安心したのを覚えてます。嬉しいというよりホッとした。会っていいんだと思いました。

そこから同居までは、そんなに時間かからなかったですね。同居するとお互いのイヤなところが見えるって言うけど、その頃にはもう俺もあいつがド真《ま》っ直《す》ぐに生きてきたド真っ直ぐな人間だってのは理解してたんで、特にこれと言ったことはなかったです。ただ、あいつは俺の適当さを舐《な》めてたみたいで、日に日に小言が増えていく感じはありました。軽く流しましたけど。

パートナーシップ制度の話を持ってきたのは、いつだったかな。

第一印象は「めんどくさそう」でしたね。そんなもんあってもなくても何も変わらねえだろって思いました。でもあいつがやりたいって言うし、俺もやってもやらなくてもいいものはやってみるタイプなんで、引き受けちゃったんですよ。そんでパートナーシップの宣誓して、インタビュー受けて、有名になって、俺の知らないやつが俺の知らないところで俺のことを話すようになって——すげえイライラしました。オモチャにされてると思った。あのインタビューから俺らを応援してぃる人も、そういう人たちがこのドキュメンタリーを観《み》てるのも知ってますけど、すみません。ここ使いづらかったらカットして下さい。

ただ、あいつは逆だったんですよね。ファンアートって言うのかな。そういう絵を俺に見せて「期待に応えないとな」とか言ってきたりして、本当に合わないなと思うことが増えていきました。衝突も増えて、俺もあいつも折れない長引くタイプのぶつかり方をするようになって——まあ、このザマです。

あいつは、「普通」なんですよ。

自分ではそう思ってない。ゲイとか、ＬＧＢＴとか、マイノリティとか、そういう言葉で自分自身を定義して、とんでもない変わり者だと思ってる。でも、違う。普通なんです。結婚したいと思う。子どもが欲しいと思う。世間に認められて、日の当たる場所で生きたいと思う。そういう人間。

俺は、違うんですよね。俺と俺の周辺が幸せならそれでいい。世間の認知も祝福も要らないし、むしろ邪魔ぐらいに思ってる。そんな二人は、どうしても一緒にはなれませんよ。俺が投げ捨てたいものを、あいつは背負いたいんだから。

一つ、もうこれは無理だなって思った出来事があるんです。

いつだったか忘れたけど、あいつの飼ってる熱帯魚が一匹死んだんです。そんであいつがなんで死んだのか不思議がってたから、俺は「暑がりだったんじゃねえの」って言ったんですよ。そうしたらめちゃくちゃ怒られました。そんなわけないだろ。ふざけるなって。

確かに、俺の推測はハズレだと思いますよ。暑くて死ぬなら売った店で死んでるだろうし。でもあいつの言い方が「暑がりな熱帯魚なんているわけないだろ」と言っているように聞こえて、俺はそれがどうしてもダメだったんです。

だって、いるかもしれないじゃないですか。

ゲイに色々なやつがいるように、熱帯魚にも色々なやつがいる。だったら、暑がりな熱帯魚がいてもおかしくない。そいつは暑がりだから一早く死んで、腹を上にしてぷかっと浮かんで、なんで死んだのか誰にも理解されないまま、温かい水を入れた張本人に「かわいそうに」とか言われて埋葬される。そんなことが、あちこちで起きてる気がするんです。

俺もたぶん、そうなるんだと思います。

この先の時代を作っていくのは、どうしたって俺みたいなやつじゃない。世間に認められたくて、祝福されたくて、日の当たる場所で生きていきたいやつが世界を変えていく。そして俺はそういう世界には馴染《なじ》めないから、もし世界中がそうなったら腹を上にして死ぬしかない。

その流れを止めるつもりはないです。ただできれば、俺みたいなやつがいることも忘れないでいて欲しい。なるべく長く、俺みたいなやつが生きられるところも残しておいて欲しい。それが俺からこのドキュメンタリーを観ている人に伝えたい、たった一つの頼み事ですね。

あいつは、逆のことを言ったんじゃないかな。世界を変えるためにみんなの力を貸してくれ、みたいな。あいつも俺も頑固で、自分の考えを変えないところは一緒ですから。考え方は全く違うのにそこだけは一緒だから、こういう結末になるんでしょうけど。

——さあ。

本当に考えてないです。同居は解消するけど、その後はさっぱり。とりあえず俺から連絡することはもうないかな。あいつもたぶん、連絡してこないと思います。

——そんなの、決まってるじゃないですか。

寂しいですよ。

どうしようもなく合わなかっただけで、嫌いになったわけじゃないですから。

本当に、寂しいです。

ON AIR

映像編集ソフトを閉じ、ノートパソコンをシャットダウンする。

暗転したモニターに映るいつもより厚化粧な顔を見て、志穂の唇が小さくつり上がった。立ち上がってオフィスルームのコート掛けに歩み寄り、トレンチコートとマフラーを身に着ける。そしてデスクに戻ってハンドバッグを手に取ると、隣のデスクの尚美が仕事の手を止めて話しかけてきた。

「もう出るの？」

「はい」

「そう。じゃあ、よろしく言っておいて。またうちに来て、今度はご飯でも食べましょうって」

「それ、オレも行きたいっす」

向かいのデスクから、山田が口を挟んできた。志穂は冷ややかな視線で応える。

「山田くんはまずやることやってくれる？」

「頼まれてる仕事なら、たぶん明日には終わるっすよ」

「昨日も明日には終わるって言ってなかった？」

「……なんか思ってたより大変で」

「あのね、10日かかると思ってたものが11日かかりそうとかなら増加率10％だから分かるよ。でも

1日で終わると思ってたものが2日かかかるのは増加率100%で、それは根本的に見積もりがおかしいの。自覚しなさい」

「……はい」

山田が肩をすくめた。対照的に尚美は明るく声を弾ませる。

「怖い先輩だこと」

「山田くんは私に遠慮しないで欲しいらしいので」

尚美がおかしそうに笑い、山田がため息をついた。志穂は二人から身体を背け、オフィスルームの出入り口に向かいながら口を開く。

「お先に失礼します」

「お疲れ様ー」

同僚たちの言葉を背に、オフィスルームから出る。一階に下りて玄関でブーツを履いていると、リビングから社長が廊下に出てきた。そのまま玄関に歩いてきて、ブーツを履いて土間に立つ志穂に話しかけてくる。

「今日のオンエア、あの子の家で観《み》るんだよね」

「おすすめできませんか？」

「そりゃあ、ねえ。完成した映像《ブイ》はまだ観せてないんでしょ？」

「はい。観たら色々言いたくなるから、ぶっつけ本番でいいと」

「それなら、どんな出来でも怒らないでくれるかなあ」

ぼやきながら、社長が頭の後ろを掻《か》いた。社長の心配は理解できる。自分がこれからやろうとしているとは、はっきり言ってリスクしかない。だけどそんなものは承知の上だ。

「怒りたくなる仕上がりだった場合、怒ってもらうために行くので」

社長が「そっか」と呟《つぶや》いた。そして眩《まぶ》しいものを見るように、まぶたを薄く下ろして目尻に皺《しわ》を寄せる。

「行ってらっしゃい」

「行ってきます」

社長に背を向け、スタジオを後にする。外に出た途端、真冬の冷たい風に吹きつけられ、志穂は反射的にコートのポケットに手を入れた。自分の吐く息の白さに見惚《みと》れるように前方を眺めながら、ゆっくりと歩いて駅に向かう。

駅に着いた。電車に乗り、座席に座ってぼんやりと周囲を眺める。目的地に近づくに連れて心臓が引き絞られていく感覚は、まるでジェットコースターに乗っているようだった。ジェットコースターと違うのは安全性が確保されていないところ。速度が乗り出したら一つのカーブも曲がれずに放り出されて転落死。そういうことだって、十分にありうる。

降車駅に電車が停《と》まる。駅舎から外に出ると、いつの間にか空から雪がちらちらと降っていた。積もらなければいいけれど。そんなロマンのないことを考えながら、足早に駅を離れて住宅街に向かう。

歩くたび、身体の震えが増していく。寒いのか、怖いのか。きっと両方だろう。防寒と自信が足りず、そしてどちらも今さらどうしようもない。できることは、ただ前に進むことだけだ。

進む先に、夏から秋にかけて何度も訪れたマンションの姿が見えた。そのまま歩いてマンションの共用玄関に入り、インターホンの前に立つ。部屋番号は503。番号をプッシュしてすぐ、ノイズの交じった声が志穂の耳に届いた。

「はい」

変わっていない。そう感じるのはきっと願望だろう。自分の仕事は彼の人生を変えた。それに気づかないほど愚鈍ではないし、目をつむれるほど器用でもない。

「茅野です」

「お久しぶりです。今、開けますね」

エントランスホールに続くドアが、無機質な駆動音と共に開いた。志穂はハンドバッグを握る手に力を込め、噛《か》みしめるように呟く。

「よし」

震えが止《や》んだ。小さな笑みをこぼし、ブーツの底を床に叩《たた》きつけてエントランスに足を踏み入れる。人事は尽くした。さあ、天命を迎えにいこう。大丈夫。どんな結果になっても、後悔だけはきっとない。

※

ビーフシチューの煮える音が、インターホンの音にかき消された。

圧力鍋の前から離れてインターホンを取ると、思った通り相手は茅野だった。共用玄関のドアを開けてインターホンを切った後、キッチンに戻って半分に切ったじゃがいもを菜箸でつつく。まだ固さがある。もう少し煮る必要がありそうだ。

「お邪魔します」

玄関から声が届いた。やがてリビングのドアが開き、トレンチコートを着込んだ茅野が現れる。

佑馬はおたまで鍋をかき混ぜる手を止め、久しぶりに会った茅野に向かってにこりと笑いかけた。

「早かったですね」

「待たせてはいけないと思ったんですけど……早すぎたみたいですね」

茅野が鍋に目をやった。「確かに」と思いつつ、佑馬は否定を返す。

「そうでもないですよ。もうすぐできるんで、適当にくつろいで下さい」

「分かりました。ありがとうございます」

茅野がリビングスペースに向かった。佑馬は鍋と向き合って続きを再開する。とろみがつくよう水を足しながらシチューをかき混ぜ、そろそろいいだろうというところで火を止めると、シチューの煮沸音が止まり茅野の観ているテレビの音が相対的に大きくなった。

食器棚から、深めの皿を二枚取り出してシチューをよそう。本格的に料理を始めてからおよそ二ヵ月。一人分しか作ったことがないから分量の見積もりが甘かったらしく、鍋にシチューがだいぶ余ってしまった。ひとまず蓋をして、残ったら明日食べればいいと割り切ることにする。

二人分のシチューとライスとサラダ、そしてスプーンとフォークを食卓に並べる。最後に麦茶を注いだコップを二つ置き、茅野と向かい合って着席。一人で食事をする時も口にしている言葉を、今度は二人で口にする。

「いただきます」

茅野がスプーンを手に取り、シチューを口に運んだ。佑馬はサラダを食べながら反応を窺《うかが》う。はたして自分の料理は、もてなしとして通用するのか。

「あ」唇を手で隠し、茅野が感想を呟いた。「おいしい」

ほっと胸を撫《な》でおろす。社交辞令かもしれないが、社交辞令も言えないような出来栄えではないようだ。

「良かった。料理を褒めてもらったのは初めてなので、嬉《うれ》しいです」

「初めてなんですか？」

「他人に振る舞う機会がないので」

「……ああ」

茅野が言葉を濁した。具体的な存在をイメージしたのだろう。自分がイメージしたように。

「樹から、連絡はなかったんですよね」

イメージを形にする。茅野が麦茶を飲み、少し声をひそめて答えた。

「はい。山田にもコンタクトを取ってもらったんですけど、無反応でした」

「山田くんで無理なら無理でしょうね」

期待していないから大丈夫だと伝えるため、感情を込めずに言葉を放つ。しかし茅野は申し訳なさそうに口をつぐみ、会話から食事に移ってしまった。微妙に気まずい空気が流れる中、つけっぱなしのテレビから天気予報が届く。今夜は雪。交通機関の乱れに注意して下さい。

茅野からドキュメンタリーの放映を一緒に観ないかと誘われた時、佑馬は最初、どう返事をするか悩んだ。

茅野に会うのは問題なかった。だが茅野は樹も呼ぶことを提案しており、そちらには会いたくなかった。はっきり言って、自分はまだ引きずっている。久保田を殴った勢いで転職し、樹の残した調理道具で料理を始め、色々なことに新しくチャレンジしているが、恋人探しはマッチングアプリを開いてすらいない。

今また樹に会えば、きっと燻《くすぶ》ってた火が再燃してしまう。そして樹は次を見つけているだろうから、その火で焼身自殺する羽目になってしまう。そう思った。しかしそんな情けないことは言えず、佑馬は茅野の誘いを受け、結果、樹はこの場に現れるどころか誘いに反応を返すことすらしなかった。色々と悩んでいたのが阿呆《あほ》らしくなるような結末だ。

「長谷川さん、何してるんでしょうね」

サラダのキャベツにフォークを刺しながら、茅野が独り言のように呟いた。佑馬は口の中のシチューを飲み込み、淡々と答える。

「さあ」

やがて、夕食が終わった。手伝おうとする茅野を押しとどめ、佑馬はキッチンで後片付けに入る。食器と調理道具を全て洗い終える頃には、ドキュメンタリーの放映時間がかなり間近に迫っていた。茅野はリビングのソファに座り、ドキュメンタリーの前番組であるドラマを真剣に見つめている。

「そろそろですね」

「はい」

茅野の隣に座って声をかける。茅野はテレビから目を逸《そ》らさず、こくりと首を縦に振った。

「緊張しますか？」

「します。正直、倒れそうです」

「そんな大げさな」

「大げさではありません」

わずかな反論も許さない勢いで、茅野がきっぱりと否定した。

「私は春日さんの人生を大きく変えました。長谷川さんがいなくなったのも、春日さんが転職したのも、私の仕事がきっかけです。だから私は、春日さんがそれだけの意味があったと思えるものを提供しなくてはならない。このドキュメンタリーは、ただ無事に放映されればいいというわけにはいかないんです」

茅野が佑馬の方を向いた。想《おも》いの込められた視線に撃ち抜かれる。

「もし春日さんがドキュメンタリーを観て、あれだけ引っかき回してこんなものかと感じたなら、遠慮なく仰《おっしゃ》ってください。どれだけ罵倒されても構わない。私は今日、そのためにここに来ました」

茅野の両肩が、小さく震えていた。「背負いすぎない方がいいですよ」。そんな言葉が頭に浮かび、そして気づく。ああ、そうか。あいつもきっと、こういう気持ちで俺のことを見ていたのだ。

「――分かりました」

自分だったらどうされたいかを考え、余計なことを言わずに頷《うなず》く。荷物を奪われることで不安になる人間もいるのだ。背負いたいなら、背負わせればいい。

「長谷川さんも、観てくれているでしょうか」

「観てませんよ」

間髪いれずに答える。茅野が目を丸くした。

「どうしてそう思うんですか？」

「どうしても何も、観ているわけないでしょう」

「そうですか？」

「そうです」

かつて自分と樹の写真を収めていた、テレビ台のデジタルフォトフレームを見ながら、佑馬は小さく笑みをこぼした。お前はもう、俺なんて背負ってないだろうな。それでいい。そうしてくれ。俺は、そういうお前を愛していたんだから。

「あいつは、絶対に観てません」

ドラマが終わった。隣で姿勢を整える茅野に合わせ、佑馬もソファに座り直す。天に何かの始まりを告げるように、アクアリウムの熱帯魚が水面に口をつけ、金色に輝く尾びれを翻して水草の陰に消えた。

野良猫と通り雨

サーマートにとってシーロム通りのソイ4に男を買いに来る日本人《コン・イープン》は、雨季にドブから這《は》い出《で》て車に轢《ひ》かれるヒキガエルと同じぐらい、見ていてうんざりするものだった。

彼らは総じてうるさく、偉そうで、ケチくさかった。ゴーゴーバーの男娼《だんしょう》として数多くの人種を相手にしてきたが、コトが終わった後に金を床にばら撒《ま》き、口で集めさせたのは日本人だけだった。サーマートは男にセックスを売ったつもりでいたが、男はサーマートの全てを買った気になっているようだった。たった2000バーツかそこらで。

その点、白い欧米人《ファラン》は良かった。彼らは彼らで有色人種を蔑視しており、乱暴に扱われることも多かったが、金払いの良さで全てを帳消しにできた。どうせ長くできる仕事ではない。人として安値をつけられるぐらいならば、道具として高く評価される方が良い。そう考えたサーマートは独学で英語を学び、店では白人の男にばかりアプローチをかけた。

だから、よれよれのシャツと擦り切れたズボンを身にまとった、見るからに金を持ってなさそうな若い日本人の男に声をかけられた時、サーマートは素直に「めんどくさい」と思った。

男の風体は見るからにバックパッカーのそれで、話してみたら実際その通りだった。話す英語は文法も発音もめちゃくちゃだったが、男にそれを恥じているような素振りは見られなかった。ブラウンに染めた髪と顎に生やした髭《ひげ》が演出する野性味と、ボディランゲージと共に放たれる子どものように拙い言語はとてもミスマッチで、はらはらと目を離しがたい魅力を放っていた。

「バンコクには、今日着いたばっかりなんだ」

缶のシンハービールを飲みながら、男が火照《ほて》った顔で呟《つぶや》く。サーマートは男の語学力でも聞き取れるよう、つとめてゆっくりと言葉を返した。

「初日から男漁《あさ》りか」

「初日だからだよ。情報を得るには、身体で語り合える仲間に聞くのが一番だ」

「じゃああんたはここに、セックスの相手じゃなくてツアーコンダクターを探しに来ているのか？」

「両方、が答えかな」

いけしゃあしゃあと言い放つ。元より期待はしていなかったけれど、金にはならなそうだなとサーマートは改めて思った。ほとんど最後の質問にするつもりで、意地の悪い問いを投げかける。

「どうして俺を選んだんだ？」

皮肉っぽい言い方で、都合よく使えそうな男に見えたかと言外に伝える。男は質問にすぐ答えなかった。シンハービールを飲み、缶をテーブルに置いてから、唇の端をつり上げて不敵に笑う。

「初恋の男に、似てるんだよ」

あれから二週間。

バーに出る前の早めの夕食として、自作のタイ風チキンライス《カオマンガイ》と春雨サラダ《ヤムウンセン》を食卓に並べる男を眺めながら、どうしてこうなったのだろうとサーマートは考える。しかし考えても答えは出ない。何となく買われて、何となく家に招いて、何となく居つかれた。それだけだ。強いて言うなら、昔から野良猫に餌をやるのは好きだった。

「いただきます」

男がいつものように、料理の前で両手を合わせて謎の呪文を呟いた。日本では一般的に使われている食事前の合図で、これからお前を食べるぞと料理に向かって宣言しているそうだ。日本人とセックスをしたことは何度もあるけれど、食卓を共にしたことは一度もないから知らなかった。思えば客と食事をすること自体ほとんどない。そういうものは求めていないし、それがいいものだとも思っていなかった。

レンゲでカオマンガイを食べ始める。甘辛いタレの風味が鶏肉《とりにく》の油に混ざって広がり、舌に甘美な幸せが訪れる。タイ料理は日本にいた時から作っていたそうだが、それにしても美味《うま》い。屋台でも引いてみたらどうだと言いたくなる。

「トンチャイ」

タイ風のニックネームで、男に声をかける。ニックネームはサーマートが勝手につけたわけではなく、日本語の名前が発音しづらく手こずっていたら、男の方から呼びやすい名前を新しく考えてくれと申し出てきた。日本語の名前に「木」という意味があるらしく、タイ語で「木」を意味するトンマーイになりかけたが、毎回「木」と呼びかけるのはサーマートがイヤだったので、トンに「男」を意味するチャイをつけてトンチャイとした。木男。

「明日は日本の料理を作ってくれよ」

「いいけど、あまり美味くならないと思うぞ」

「どうして」

「食材が日本と違う。水もだ。その土地のものを美味く食うためにその土地の料理がある。タイではタイ料理を作るのが一番いいんだよ」

トンチャイがふと、何かに気づいたように食事の手を止めた。そしてサーマートの肩の向こうに視線を送る。サーマートが住んでいるマンションの一室はそこまで広くないから、トンチャイが何を見ているかはすぐに分かった。壁かけ時計だ。

「なあ」時計を見たまま、トンチャイが口を開く。「タイと日本の時差ってどれぐらいだっけ」

サーマートは眉をひそめた。日本に行こうと考えたことすらないのに分かるわけないだろうと思いつつ、テーブルのスマホを手に取って調べてやる。

「二時間だな」

「日本の方が早いんだよな？」

「そう」

「そうか。ありがと」

トンチャイが壁かけ時計から視線を外した。そして今度は椅子の上で軽く身体をひねり、ベランダに続くガラス戸を見やる。タイは一年中暑いから、大きな窓やガラス戸はだいたい北向きに設置されている。日の光が入らない部屋に文句を言うトンチャイにそう教えたことと、日本がタイから見て北に位置することを、サーマートは同時に思い出した。

時刻は夕方。ガラス戸は北向き。光なんてほとんど入ってきてはいない。だけどトンチャイは、眩《まぶ》しそうに目を細めていた。姉の結婚式で両親が同じ目をしていたことをサーマートは思い出す。大切な者の旅立ちを見送る瞳。

「トンチャイ」

呼びかけに反応し、トンチャイのまぶたが上がった。きょとんとした表情で振り向くトンチャイに、サーマートは笑いかける。

「明日はやっぱり外食にしよう。美味いカニカレー《プーパッポンカリー》の店があるんだ。食べて味を覚えて、家で作ってみてくれ」

明日よりも先の予定を立てる。それまではこの家にいてくれと懇願するように。でも、分かる。トンチャイはいつか何の前触れもなく、サーマートの前から消えてしまうだろう。とつぜん空から降り注ぎ、人をずぶ濡《ぬ》れにして自分勝手に去っていくスコールのような男だ。きっと日本でも誰かを濡らしてきたに違いない。そしてその誰かさんは、今頃トンチャイが遠い異国の地で男娼を買い、そいつの家に居候しているなんて考えていないはずだ。

同情するよ、誰かさん。でもこういうのは惚《ほ》れる俺らが悪いんだ。せめてあんたの服が乾いているることを、降られ仲間として祈らせてもらう。

「それ、いいな」

トンチャイが愉快そうに笑った。サーマートは「だろ？」と得意げに答え、レンゲによそった鶏肉を口に運ぶ。愛してる《ラックン》。咀嚼《そしゃく》と共に吐いたその言葉は、目の前のトンチャイに届くことなく、嚙《か》み砕《くだ》かれた鶏肉と一緒に喉奥へと消えた。

了

本書はＷＥＢ小説サイト「カクヨム」に発表された
「１００日後に別れるかもしれないゲイカップル」に
加筆、修正を施し、タイトルを変更のうえ書籍化したものです。

浅原ナオト（あさはら　なおと）
2018年、WEBに発表した『彼女が好きなものはホモであって僕ではない』が書籍化されデビュー。同作はドラマ化、映画化され話題となる。他著作に『#塚森裕太がログアウトしたら』『今夜、もし僕が死ななければ』『余命半年の小笠原先輩は、いつも笑ってる』などがある。

100日後《にちご》に別《わか》れる僕《ぼく》と彼《かれ》

2023年５月19日　初版発行

著　者／浅原《あさはら》ナオト

発行者／山下直久

発行／株式会社KADOKAWA
〒102-8177　東京都千代田区富士見2-13-3
電話　0570-002-301（ナビダイヤル）

印刷所／大日本印刷株式会社

製本所／本間製本株式会社

組版／株式会社RUHIA

●お問い合わせ
https://www.kadokawa.co.jp/（「お問い合わせ」へお進みください）
※内容によっては、お答えできない場合があります。
※サポートは日本国内のみとさせていただきます。
※Japanese text only

定価はカバーに表示してあります。

Printed in Japan
ISBN 978-4-04-113452-8　C0093

角川文庫　浅原ナオトの作品

彼女が好きなものは ホモであって僕ではない

同性愛の少年と
BL好き女子の交わらない恋

彼女が好きなものは ホモであって僕ではない 再会

交わらない恋、その後の物語

装画／新井陽次郎

絶賛発売中

角川文庫